青少版经典名著书库

中国古代寓言

爱德少儿编委会 编写

爱德少儿编委会

主　编：童　丹
副主编：陈慧颖
编　委：安　心　董　悦　方舒梦　郭怡杉
　　　　雷蕴涵　李　恒　李可宜　刘国华
　　　　任仕之　桑一诺　沈　晨　向志楠
　　　　许　超　杨　丹　张重庆

浙江古籍出版社

图书在版编目（CIP）数据

中国古代寓言/爱德少儿编委会编写．—杭州：浙江古籍出版社，2022.12
（青少版经典名著书库）
ISBN 978-7-5540-2361-7

Ⅰ．①中… Ⅱ．①爱… Ⅲ．①寓言－作品集－中国－古代 Ⅳ．①I276.4

中国版本图书馆 CIP 数据核字（2022）第 161188 号

中国古代寓言

爱德少儿编委会　编写

出版发行	浙江古籍出版社
	（杭州体育场路 347 号　电话：0571-85068292）
网　　址	https://zjgj.zjcbcm.com
责任编辑	潘铭明
责任校对	吴颖胤　张顺洁
装帧设计	爱德少儿
责任印务	楼浩凯
照　　排	湖北省爱德森森文化传播有限公司
印　　刷	河南华彩实业有限公司
开　　本	700mm×990mm　1/16
印　　张	11.5
字　　数	165 千字
版　　次	2022 年 12 月第 1 版
印　　次	2022 年 12 月第 1 次印刷
书　　号	ISBN 978-7-5540-2361-7
定　　价	20.00 元

如发现印装质量问题，影响阅读，请与印刷厂联系调换。

前言

中国古代寓言历史悠久，经历了先秦的说理寓言、两汉的劝诫寓言、魏晋南北朝的嘲讽寓言、唐宋的讽刺寓言和元明清的诙谐寓言几个创作阶段，留下的寓言难以计数。它们不仅对后世的文学艺术产生了深远的影响，而且还随着时代的发展，渗透到了人们的生活中。

中国古代寓言是一座丰富的文学宝库，一些精彩寓言口耳相传，流传至今，成为家喻户晓、脍炙人口的经典。它们从正面或反面、国家或个人等不同角度，或赞扬或讽刺了各种不同的行为，以达到醒世育人的目的。

从国家层面来说，如：《唇亡齿寒》中，虞公为了蝇头小利同意了晋国借道的请求，使得与自己国土安全紧密相关的虢国灭亡，而自己的国家也难逃被吞并的命运，告诫统治者应以国家利益为重；《夜郎自大》中，夜郎国位置偏僻、消息闭塞，觉得自己是天底下最大的国家，讽刺了闭关锁国、盲目自大的国家必定会沦为笑柄；《上行下效》中，通过弦章的回答，告诫统治者应以身作则，亲贤臣、远小人，听忠语、舍谗言，这样才能上下齐心，国家才能有好的前景；《越权与失职》中，韩昭侯以越权与失职为罪名，惩罚了典冠和典衣，表达了官员应各司其职、严守规矩，这样国家才能有序运转的思想。

从个人层面来说,如:《拔苗助长》中,农夫因渴望秧苗快点长大,于是把每棵秧苗拔出来一些,违背了秧苗的生长规律,以致秧苗全部枯死,农夫颗粒无收,说明急于求成不可取;《买椟还珠》中,楚国人为卖出珍珠而花钱做了一个精美的木盒,郑国人却只欣赏木盒,而将珍珠归还,令人哭笑不得,讽刺了那些舍本逐末的人;《高价买邻》中,季雅为了和吕僧珍成为邻居,不惜花一千一百万高价买下吕家邻宅,这告诉我们交朋友要交德行好,能使我们往好的方向发展的朋友;《乐羊子求学》中,乐羊子妻通过割断布匹的方式,警醒乐羊子学习不能半途而废,道出了唯有持之以恒,方能有所成就的真理。

这些寓言无一不凝结着古人的经验与智慧,它们篇幅短小,语言精练,富有哲理,历来深受人们喜爱。本书共收录八十则脍炙人口的寓言,编者在尊重原文的基础上,用通俗浅显的语言进行讲解,并分析寓言背后的智慧,给孩子们以思考和启迪。衷心希望孩子们能通过这些寓言,了解古人的风俗习惯、生活状况,学习前人留下的经验和智慧,在受到知识熏陶的同时度过充实而幸福的童年。

目 录
CONTENTS

拔苗助长 …………………… 1

杯弓蛇影 …………………… 3

卞庄子刺虎 ………………… 5

不龟手之药 ………………… 7

不死之药 …………………… 9

乘凉避露 …………………… 11

丑妇效颦 …………………… 13

穿井得一人 ………………… 15

唇亡齿寒 …………………… 17

淳于髡荐贤 ………………… 19

打草惊蛇 …………………… 21

东郭先生和狼 ……………… 23

屙金子的石牛 ……………… 25

放火与点灯 ………………… 27

飞蛾扑火 …………………… 29

焚庐灭鼠 …………………… 31

高价买邻 …………………… 33

狗猛酒酸 …………………… 35

邯郸学步 …………………… 37

寒号鸟 ……………………… 39

涸辙之鱼 …………………… 41

猴子捞月 …………………… 43

囫囵吞枣 …………………… 45

狐假虎威 …………………… 47

画鬼最易 …………………… 49

画蛇添足 …………………… 51

患得患失 …………………… 53

纪昌学射 …………………… 56

截竿进城 …………………… 59

惊弓之鸟 …………………… 61

井底之蛙 …………………… 63

九方皋相马 ………………… 65

狙公失猴 …………………… 68

苛政猛于虎 ………………… 70

刻舟求剑 …………………… 72

鲲鹏与蓬雀 ………………… 74

滥竽充数 …………………… 76

邻人献玉 …………………… 78

吝啬鬼 ……………………… 80

鲁国少人才 ………………… 82

鲁侯养鸟 …………………… 84

鲁婴泣卫 …………………… 86

买椟还珠	88	秀才的忌讳	130
宓子贱掣肘	90	薛谭学歌	132
南辕北辙	93	寻找千里马	134
泥偶与木偶	95	叶公好龙	136
庖丁解牛	97	夜郎自大	138
皮毛相依	100	疑病乱投医	140
齐王嫁女	102	疑邻盗斧	142
染丝的联想	104	郢书燕说	144
塞翁失马	106	愚公移山	146
三人成虎	108	鹬蚌相争，渔翁得利	148
上行下效	110	越权与失职	150
守株待兔	112	越人造车	152
螳螂之勇	114	乐羊子求学	154
铁杵磨成针	116	詹何钓鱼	156
亡羊补牢	118	鸩鸟和毒蛇	158
望梅止渴	120	自相矛盾	160
望洋兴叹	122	郑人买履	162
五十步笑百步	124	钻火与点灯	164
象牙筷子	126	《中国古代寓言》读后感	166
秀才的"大志"	128	参考答案	168

拔苗助长

M 名师导读

自然界万物的生长，都有自己的客观规律，人不能强行改变这些规律，只有遵循规律才能取得好的结果。本文中的宋国人不懂得这个道理，急功近利，急于求成，一心只想让庄稼按自己的意愿快点儿长高，结果……

宋国有个靠种庄稼为生的农人。烈日当头，他在田里一刻不停地栽种、收割，身上的衣衫被汗水浸湿了也无暇顾及；风雨交加，他忙着在田间耕田犁地，雨水混着汗水顺着他疲劳的脊背向下流淌，他却一点儿也不在意。【名师点睛：开篇对宋国农人日常劳作的情景进行描述，展现出农人的艰辛和不易。】

有一年，农人在田里插上秧苗后，便经常为秧苗引水灌溉，除草施肥……农人如此精心照料秧苗，秧苗却似乎一点儿也没有长高，这让他有点儿着急。

这一天，农人和往常一样，坐在田埂上休息。他望着这一大片的秧苗，不由得自言自语地说："秧苗呀，你们知道我每天劳作有多辛苦吗？为什么你们不能自觉一点儿，快快长高呢？快长高，快长高……"【写作借鉴：此处通过语言描写，表现出农人对庄稼快速生长的渴望，也表现出他急于求成的心理。】他一边念叨着，一边无意识地去拔衣服上的线头，线头没拔断，反而带出来了一小截。农人看着多出一截的线头，突然灵机一动："对呀，我怎么没想到，就这么办！"他顿时来劲了，一

▶ 中国古代寓言

跃而起开始忙碌……【写作借鉴:此处设置悬念——农人的脑子里蹦出一个什么主意?他开始忙着做什么呢?给读者留下想象空间。】

　　太阳已经落山了,农人迟迟未归,他的妻子早已做好了饭等他回来。"今天这么晚还没回来,会不会出了什么事?"她担心地想。忽然,门"嘎吱"一声开了,农人扛着锄头满头大汗地回来了。他一进门就说:"今天可把我累坏了!我把每一棵秧苗都拔出来了一些,它们一下子就长高了这么多……"【名师点睛:解开悬念,读者释疑。】

　　"什么!"农人的儿子听父亲这样一讲,大惊失色,赶紧跑到田里去看,发现秧苗已经全都枯死了。

Z 知识考点

1.填空题。

农人的儿子得知父亲的做法后,他的反应是_____。

2.判断题。

(1)自然界万物的生长,都有自己的客观规律,人可以强行改变这些规律,不遵循规律办事也能取得成功。　　　　　　　　　　(　　)

(2)文中的农人想到的方法切实可行,提高了庄稼的生长速度。

(　　)

3.问答题。

农人为什么要拔苗助长?

_____

_____

Y 阅读与思考

1.读完这则故事,你想对这个农人说些什么?

2.农人拔苗助长的结果怎样?

杯弓蛇影

> **M 名师导读**
>
> 害疑心病的人，往往陷入庸人自扰的泥淖而难以自拔；有智慧的人则善于抓住问题的症结，对症下药，从根本上解决问题。我们可不要像应郴(chēn)的朋友一样，将弩弓倒映在杯中的影子误认为蛇，引出令人啼笑皆非的故事。

从前，汲县有个县令叫作应郴。一年夏至，有一位老朋友来拜访应郴，应郴就设宴招待他。朋友身后的墙上恰好悬挂着一张红色弩弓，弩弓的倒影映在酒杯中，形状就像一条小蛇。【写作借鉴：此处运用比喻的修辞手法，将红色弩弓的倒影比作小蛇，为下文朋友起疑心而生病做铺垫。】朋友端起酒杯，正打算喝酒的那一瞬间，他瞥见了酒杯中"小蛇"，可碍于主人的情面，他还是将那杯酒喝了下去。

朋友回到家里以后，只觉得胸腹十分疼痛，难以忍受，以至于饮食不进，日渐消瘦。家里人请了几次大夫，用了好多办法，依旧没有成效。

朋友自那次来访后，便再也没有来过，应郴觉得十分不解，于是决定去朋友家回访。到了朋友家，只见朋友卧病在床，形容枯槁。应郴就询问是什么原因。朋友如实相告："自从那次在你家喝酒，不小心把酒杯里的一条小蛇吞进肚里，我就越想越害怕，后来竟至于生了重病。"【名师点睛：朋友的解释，解开了应郴心中的疑惑，进一步推动故事情节的发展。】

应郴觉得这事有些蹊跷，酒杯中怎么会有蛇呢？回到县衙后，他

> 中国古代寓言

还在思考这件事。猛一回头，突然看见悬挂在墙上的弩弓，应郴恍然大悟。于是他命人准备了马车，再次把朋友请到家中，重新设宴，仍然让朋友坐在原来的位置上。当朋友拿起酒杯低头看时，他忽然惊慌失措，原来杯中又出现了和上次一样的蛇影。就在此时，应郴端着酒杯走到朋友的座位旁边，将自己的酒杯端给朋友看，里面同样有一条蛇影；然后，他请朋友端着原来那杯酒和自己交换位置，酒杯里的蛇影就没有了。朋友心中不解，应郴叫朋友回头看墙上挂着的那张红色弩弓，对朋友说："墙上的弩弓映在酒杯中的影子，就是你看到的蛇，其实杯子里除了酒什么也没有。"【名师点睛：通过换座展示，应郴巧妙地解开了朋友心中的疑惑，揭示了"蛇"的由来。】

朋友将信将疑，又和应郴演示了好几次，这才开怀大笑，心中的疑惑也消失了，精神一下子清爽许多。不久，他的病便痊愈了。

Z 知识考点

1.填空题。

应郴觉得这事有些_____，酒杯中怎么会有蛇呢？

2.判断题。

害疑心病的人往往不善于抓住问题的症结，陷入庸人自扰的泥淖而难以自拔。   （   ）

3.问答题。

朋友为什么好长时间没去见应郴？

_____

_____

Y 阅读与思考

读完这个故事，你明白了什么道理？

卞庄子刺虎

M 名师导读

在生活中,我们不仅要学会勇敢地面对困难,而且还要学会如何巧妙地解决困难。遇到事情,我们不能一味地蛮干硬上,而要向本文中的管与学习,学习他如何巧妙地运用策略,把握时机,从而让卞庄子成功获得双虎。

卞庄子是远近闻名的猎手,他常常孤身一人进山狩猎,面对任何凶猛的野兽都不害怕。

有一次,卞庄子和同村的管与一起进山打猎,在一堆乱石旁看见一大一小两只老虎为了争夺食物,正在拼命厮打。它们时而举起前腿猛地扑向对方,时而互相咬住脖颈不肯松口。两只老虎凶猛的咆哮声震撼山林,鸟雀被吓得四处乱飞。【写作借鉴:此处通过动作描写,将两只老虎的争斗场面写得十分生动传神。】

卞庄子见状,举起锋利的猎叉,打算上前杀死这两只老虎,管与连忙拽住他的手,说:"兄弟且慢!"【名师点睛:管与突如其来的制止,打断了卞庄子刺虎的举动,使情节发生了波动,激发读者的阅读兴趣。】

卞庄子问:"还等什么?老虎打架的间隙是我偷袭它们的最好时机,如若等它们打斗完毕,我还对付得了吗?"

管与解释说:"最好的时机还没到。你想,老虎作为森林之王,生性凶猛霸道,不会和别的老虎分享食物,它们为了独占食物一定会争个你死我活。你等它们斗得两败俱伤时再出手,到那时死的死,伤的

中国古代寓言

伤,我们不费吹灰之力就可以获得两只老虎。"【写作借鉴:此处通过语言描写,生动地展示出管与谨慎、睿智的人物形象。】

卞庄子茅塞顿开,认为管与说得对,于是就等待时机。过了一会儿,大老虎负了重伤,而小老虎死了。这时卞庄子朝那只受伤的大老虎刺去,果然一下子获得了两只老虎。

Z 知识考点

1.填空题。

(1)卞庄子正要上前刺杀老虎时,_____连忙阻止了他。

(2)听完管与的主意,卞庄子的反应是_____。

2.判断题。

(1)做事情要善于分析矛盾,把握时机,争取达到事半功倍的效果。

(　　)

(2)卞庄子常常孤身一人进山狩猎,面对任何凶猛的野兽都不害怕。

(　　)

3.问答题。

卞庄子运用什么策略获得了双虎?

_____

_____

Y 阅读与思考

1.你认为管与说的话有道理吗?

2.从这个故事中,你能得到什么启示?

不龟手之药

📖 名师导读

在日常生活中,我们应该学会多角度思考问题,摆正事物的位置,力图让每个事物都能发挥出最大作用。正如本文的不龟(jūn)手之药一样,这种防止手冻裂的药膏在宋国人手里没有太大的价值,而运用在战场上,却使得战争局势发生了天翻地覆的变化。

宋国有个人擅长制作防止手冻裂的药,他的家族依靠这个祖传秘方,世世代代把漂洗丝絮作为主业,尽管日夜劳作,但由于收入菲薄,生活依旧很贫困。【写作借鉴:不龟手之药有防止手冻裂的奇效,但只是在漂洗丝絮时使用,它的价值没有得到充分体现,为下文宋国人出售秘方埋下伏笔。】

有位远道而来的客人听说此人有不龟手之药的秘方,愿以百金求购。【写作借鉴:平平无奇的不龟手之药,客人竟以百金求购。此处设置悬念,激发读者继续阅读的兴趣。】不龟手之药的主人听说之后十分心动。但想到祖传的秘方要卖出去是件大事,于是他集合全家族的成员一起商量这件事。大家经过一番讨论,最后总算统一意见:漂洗丝絮收入太少,出售药方可以获取百两黄金,何乐而不为?于是整个家族都同意出售药方。

客人得到秘方以后,立即来到吴国对吴王说,今后将士在冬天打仗再也不用为冻手犯难了。【名师点睛:此处照应上文,为读者解开了对客人百金求购不龟手之药的疑惑,令人恍然大悟。】不久,越国大军压境,

▶ 中国古代寓言

意图侵犯吴国,吴国告急,吴王命令献药之人统帅大军。此时正好是冬天,吴越两军又要在水中交战。由于吴军涂抹了不龟手之药,免受冻手之苦,士气高涨,以一敌百,大胜越军。凯旋后,吴王喜不自胜,下令犒赏三军,并重赏献药之人,赐给他一大片土地。

Z 知识考点

1.填空题。

(1)炮制不龟手之药的家族世世代代以_____为主业,尽管日夜劳作,但是收入_____。

(2)不龟手之药最终帮助_____取得了战争的胜利。

2.判断题。

(1)不龟手之药毫无价值,客人花费百金求购非常不值得。(　　)

(2)同样一个事物,由于使用方法和对象不同,其结果和成效也会大不一样。(　　)

3.问答题。

不龟手之药的主人为什么同意将秘方卖出去呢?

_____
_____

Y 阅读与思考

1.吴王为什么奖赏了献药之人?

2.这个寓言故事告诉我们什么道理?

不死之药

M 名师导读

追求长生不老虽然是人类自古以来的愿望,但是生老病死是生命的自然规律,没有人可以长生不老。不过总有一些人打着不死之药的幌子招摇撞骗。本文中聪明的卫士凭借自己的才智,巧妙地逃脱了楚王的惩罚,同时也揭穿了投机取巧者的谎言。

从前,有一个人拿着长生不死药来到楚国,想要敬献给楚王。【名师点睛:开门见山,交代故事发生的背景。】

宫廷的守门官捧着药进宫,碰上了宫中的卫士。卫士问:"你手中拿的是什么?"

守门官回答说:"是长生不死药。"

卫士又问:"是可以吃的吗?"

守门官说:"当然可以吃呀。"

于是卫士从守门官手里一把夺过药就吞进肚子里。【写作借鉴:此处设置悬念——卫士得知是不死之药后不但没有将药送往王宫,反而大胆地吞了下去。这一做法出乎意料,激发了读者的阅读兴趣。】

楚王知道后,大发雷霆,立即派人去抓卫士,准备将卫士斩首。可是卫士一点儿也不惊慌,他镇定自若地对楚王说:"大王别急着动怒,请先听我解释。我吃药前问了守门官这药能不能吃,他说可以,我才吃的。我的地位在守门官之下,他同意之后我才吃药,因此我没有罪。如果说那药是献给大王的,别人吃了就算是犯罪,那么这罪应该由守

中国古代寓言

门官承担。话又说回来，如果这个药真的能让人不死，那么您就不应该杀我，因为您把我杀了，这药就成了死药。如此说来，那人把死药当成不死药进献给您，就说明他是在欺骗您。您如果杀了我这个无罪的小臣，就等于是向百姓宣布您被欺骗了，像您这样贤明的君王怎么会上当受骗呢？您不如把我放了，这样一来，世人反而会称颂您的英明大度。"【写作借鉴：此处运用语言描写，通过写卫士这一段有理有据的辩解，体现出卫士的聪明机智。】

楚王听完卫士的辩解，觉得他说得很有道理，于是就宽恕了卫士，下令把他放了。

Z 知识考点

1. 填空题。

（1）当楚王得知献给自己的"不死之药"被卫士吃了之后，他的反应是_____。

（2）卫士得以活下来是凭借_____。

2. 判断题。

守门官从卫士手里夺过药就把它吃下去了。　　　　（　　）

3. 问答题。

后来楚王为什么下令放了卫士？

_____

_____

Y 阅读与思考

一开始，楚王为什么要将卫士斩首？

乘凉避露

M 名师导读

在日常生活中,我们的行为经常会受到前人留下来的一些经验的影响,这些经验可以让我们做起事来更加便利。然而,如果我们只是盲目地采用前人的经验,那么最后的结果可能会与我们的预期截然相反。本文中的郑国人便是这样一个例子,他生搬硬套老经验,最后吃了苦头,我们要引以为戒。

盛夏时节,太阳像个大火炉一样高高挂在天上,无情地炙烤着大地,人们的衣衫都被汗水打湿了。就连树上的知了也拼命喊着:"热啊,热啊!"【写作借鉴:此处运用比喻和拟人的修辞手法,将太阳比作大火炉,写知了像人一样叫热,突出了盛夏之酷热。】这让本来就汗流浃背的人们心中更添了些许烦躁。

有个郑国人,他家院子里有一棵大树。他就带着草席和蒲扇到树荫下乘凉。太阳从早到晚移动,树影也跟着移动。郑国人发现了这个现象,于是就跟着树影不停地挪动席子,以便能随时躲在树荫下。

夜幕降临,月亮升起来了,树下又有一片阴影。郑国人趁着夜色出来乘凉。他想:晚上树上有露水,要是把衣服沾湿了可怎么办?接着又转念一想:不怕,还是用白天的办法,这样衣服就不会被露水沾湿了。【名师点睛:郑国人晚上乘凉想借用白天的经验,暗示了下文被露水打湿的下场。】

于是,树影跟着月亮的移动而移动,郑国人也跟着树影的移动而

▶ 中国古代寓言

移动他的席子。他本以为这个遮阳的好办法可以帮助他躲避露水，可令他意想不到的是，他和树影一起移动得越来越远了。一夜下来，他的衣服和席子都被露水湿透了。【名师点睛：郑国人一味照搬白天的经验，不考虑现实，最后因他的"经验"吃到了苦头。】

郑国人没有想到事物都是发展变化的，生搬硬套白天的经验，最终只能自食其果。

Z 知识考点

1.填空题。

（1）盛夏时节,太阳像个_____一样高高挂在天上,无情地炙烤着大地,人们的衣衫都被汗水打湿了。

（2）郑国人生搬硬套白天的经验,最终只能_____。

2.判断题。

（1）不管什么情况,我们都可以用之前成功的经验来解决问题。
（　　）

（2）郑国人的做法是愚蠢的,我们只有具体情况具体对待,才能真正解决好问题。（　　）

3.问答题。

为什么郑国人用了白天的经验之后反而适得其反呢？

_____

_____

Y 阅读与思考

1.地上的树影为什么会不停移动？

2.如果你是这个郑国人,你会怎么躲避露水？

丑妇效颦

名师导读

西施是一位美女，她的举手投足都让人赏心悦目。有一个丑女看到西施皱眉的样子很美，于是，她也去模仿西施皱眉的样子，结果反被人讥笑。可见，盲目模仿别人的做法是愚蠢的。

春秋时代，越国有一个名叫西施的美女。她天生丽质、容貌出众，无论是她的一举一动，还是她的一颦一笑，无不惹人怜爱。西施衣着素净，略施粉黛，无论走到哪里，都有很多人围着她看，没有人不惊叹她的美貌。【写作借鉴：此处运用了外貌描写与侧面描写。西施虽"衣着素净""略施粉黛"，却惹得很多人"围着她看"，突出了西施的美貌。】

与西施同村的人中有一个丑女，她不仅外表丑陋，而且没有修养。她平时举止粗俗，讲话大声大气，却每天想着当一个美女。今天学西施的穿着，明天学西施的发型，但是村里依旧没有人夸她美丽。

西施患有心口疼的毛病。有一天，她的心口又疼了，只见她手捂胸口，双眉皱起，看起来十分娇媚柔弱。当她从村子里经过的时候，村里人个个都睁大眼睛盯着她看。

这一幕恰巧被丑女看在眼里，于是她也学着西施的样子，手捂胸口，紧皱双眉，并在村中来回走动。【名师点睛：丑女盲目模仿西施的动作，不寻求根本原因，为下文招人厌恶做铺垫。】丑女的矫揉造作反而使得村里人更厌恶她了。村里的富人看见丑女的怪模样，马上把大门紧紧关上；过路人看见丑女走过来，马上拉着妻儿远远地躲开。人们见了

▶ 中国古代寓言

这个手捂胸口、紧皱眉头在村里走来走去的丑女人，简直像见了瘟神一般避之不及。【写作借鉴：此处运用了侧面描写，借村中其他人的反应，突出丑女的相貌以及动作的丑陋。】

Z 知识考点

1.填空题。

（1）西施患有_____的毛病。在犯病的时候，她一般手捂_____，双眉皱起，流露出一种_____的姿态。

（2）人们见了这个手捂胸口、紧皱眉头在村里走来走去的丑女人，简直像见了_____一般避之不及。

2.判断题。

（1）春秋时代，越国有一位美女名叫东施。她的美貌简直到了倾国倾城的程度。（　　）

（2）丑女模仿西施捂着胸口、皱着双眉的样子，获得了很多人的欣赏。（　　）

3.问答题。

丑女为什么要模仿西施的样子？

_____

_____

Y 阅读与思考

1.你想要对这个丑女说些什么？

2.这个丑女被讨厌仅仅是因为外貌丑陋吗？

穿井得一人

> **M 名师导读**
>
> 　　在春秋时代的宋国，有过这样一出闹剧：因为乡人们对主人家说的话产生了误解，结果谣言四起，闹得整个国家沸沸扬扬，甚至惊动了宋王。在日常生活中，我们对一些传言要调查清楚，仔细辨别，不要对道听途说的事情发表看法，更不要做谣言的传播者。

　　<u>春秋时代的宋国，位置处于中原腹地，江河湖泽很少，而且气候干旱，很少下雨。</u>【写作借鉴：开篇交代了故事发生的背景——干旱的自然环境，为后文挖井做铺垫。】农民浇灌农作物主要依靠井水。

　　当时有一个姓丁的农户，种了一些旱地作物。因为他家没有水井，只能用马或驴子从很远的地方把水驮回来浇灌农作物，所以经常要派一个人住在田间的茅草棚里，一天到晚专门干这种提水、运水和浇地的农活。日子一久，成天在丁家取水浇地的人感到十分劳累和厌倦。

　　丁家人经过一番商量之后，决定打一口水井来解决这个灌溉难题。虽然只是开挖一口水井，但是在地下挖土、取土和加固井壁并不是一件容易的事。丁家人起早贪黑，辛辛苦苦干了半个多月才把水井打成。第一次取水的时候，丁家人高兴得像过节一样。从此以后，他们家再也用不着专门派一个人运水浇地了。<u>丁家人逢人便说："我家里打了一口井，还得了一个人呢！"</u>【名师点睛：此处"得了一个人"的意思是因为家里打了水井，节省了一个整天运水浇地的劳动力。】

　　村里的人听了丁家人的话以后，纷纷向他道喜。<u>然而谁也没有料</u>

> 中国古代寓言

到,竟然有人掐头去尾地把这件事传了出去,说:"丁家从地底下挖出一个活人!"这个耸人听闻的消息传遍了整个宋国,甚至惊动了宋王。【名师点睛:此处说明散播谣言的危害性和影响范围之广。】宋王心想:"假如真是从地底下挖出来的活人,那么这个人一定不是凡人。非查个水落石出才行。"为了弄清真相,宋王特地派人去问丁家人。丁家人无奈地回答道:"我家过去总要派一个人专门运水浇地,现在打了一口井,不用专门派人运水浇地,可以多出一个劳动力,但这个人并不是从井里挖出来的。"

知识考点

1.填空题。

有一个姓丁的农户,种了一些旱地作物。因为他家没有_____,所以要想浇地只能用_____从很远的地方把水驮回来。

2.选择题。

丁家的水井里挖出了(　　)。

A.一个活人　　　　　　B.一个神仙

C.一个妖精　　　　　　D.以上选项都不是

3.问答题。

为什么丁家人说他家挖井"还得了一个人"?

_____

_____

阅读与思考

我们应该怎么对待生活中的道听途说?

唇亡齿寒

名师导读

生活中，我们每一个人都不可能孤立存在，彼此之间总有着千丝万缕的关系。有时候，人与人就像嘴唇和牙齿一样，需要互相合作、互相帮助，才能互相依存。虞国与虢(guó)国便是这样。然而，虞国国君却不懂得这个道理，贪小利而失大利，最终落得国破家亡的悲惨下场，他的遭遇值得我们深思。

春秋时期，晋献公想扩大自己的地盘，就借口说邻近的虢国经常侵犯晋国的边境，要派兵灭了虢国。可是在晋国和虢国之间隔着一个虞国，讨伐虢国必须经过虞国。【名师点睛：开篇交代故事背景，引出本篇故事的中心事件，即晋国向虞国借路。】

"怎样才能顺利通过虞国呢？"一天，晋献公问手下的大臣。

大夫荀息说："虞国国君虞公是个目光短浅、贪图小利的人，只要我们送给他价值连城的美玉和宝马，他不会不答应借道的。"晋献公一听要送这么名贵的东西，有点儿舍不得。

荀息看出了晋献公的心思，就说："虞、虢两国是唇齿相依的近邻，虢国灭了，虞国也不能独存。您的美玉和宝马不过是暂时存放在虞公那里罢了。"

晋献公听了，觉得很有道理，于是采纳了荀息的计策，派人给虞公送去美玉与宝马。虞公见到晋国使者送来的珍贵礼物，顿时心花怒放，马上答应借道给晋国。【名师点睛：虞公面对晋国使臣送来的贵重礼

中国古代寓言

物，不对晋国的目的加以推敲便马上答应借道给晋国。这一描写充分说明之前荀息对虞公的评价是正确的。】

虞国大夫宫之奇连忙上前劝阻道："不行，不行，虞国和虢国是唇齿相依的近邻，我们两个小国相互依存，互相帮助，万一虢国被灭了，我们虞国也就难保了。俗话说，'唇亡齿寒'，没有嘴唇，牙齿也保不住啊！借道给晋国，等于自取灭亡，万万使不得。"

虞公说："晋国与我国同宗，现在特意送来美玉、宝马和咱们交朋友，难道咱们借条道路让他们走走都不行吗？"

虞公说完，便不再理会宫之奇。

宫之奇连声叹息，说："虞国离灭亡的日子不远了。"

为了保全家人，宫之奇连夜带着一家老小离开了虞国。

果然，晋国军队借道虞国，灭了虢国。随后，在回师的路上又把亲自迎接晋军的虞公抓住，灭了虞国。【名师点睛：虞国国君贪恋美玉和宝马，对忠臣之言置若罔闻，一意孤行，自酿苦果。】

Z 知识考点

1.填空题。

荀息说，虞、虢两国是＿＿＿＿＿＿的近邻，如果虢国被灭了，虞国也＿＿＿＿＿＿。晋献公觉得很有道理，于是采纳了荀息的计策。

2.判断题。

虢国经常侵犯晋国的边境，晋献公想派兵灭了虢国。　　（　　）

3.问答题。

宫之奇是怎样劝阻虞公借道给晋国的？

＿＿＿＿＿＿＿＿＿＿＿＿＿＿＿＿＿＿＿＿＿＿＿＿＿＿＿＿
＿＿＿＿＿＿＿＿＿＿＿＿＿＿＿＿＿＿＿＿＿＿＿＿＿＿＿＿

Y 阅读与思考

你从这则寓言故事中明白了什么道理？

淳于髡荐贤

> **M 名师导读**
>
> 我们都听过伯乐与千里马的故事,资质好的千里马常有,而善于发现好马的伯乐却不常有,淳于髡(kūn)荐贤也说明了这个道理。其实,社会上并不缺乏人才,甚至我们自己也可能是某方面的人才,只是缺乏发现人才的途径罢了。

齐宣王求贤若渴,于是昭告天下,说要招贤纳士。【名师点睛:开篇交代故事背景——齐宣王广招人才,为下文故事的发展奠定基础。】有个叫淳于髡的人在一天之内就向齐宣王推荐了七名贤士。齐宣王高兴的同时也对顷刻间出现这么多贤士感到疑惑。

于是齐宣王把淳于髡叫到面前,对他说:"先生,我有一个疑问。我听说,方圆千里内能找到一位贤士,就等于贤士站在你面前;古今上下百代中能出现一位圣人,就相当于圣人接踵而至了。今天您在短短一天的时间内就向我举荐了七位贤士,这样看来,贤士岂不遍地都是?"

淳于髡抚须而笑,对齐宣王说:"大王您听我说,有句话叫作'物以类聚,人以群分'。它的意思是指同类的野兽总是栖息聚集在一起,志同道合的人常常成群结伴。如果我们到洼地去寻找柴胡、桔梗,别说是短短几天,就是几辈子也找不到,但是如果到山上去找,山上多得可以用车装。【写作借鉴:此处运用了语言描写。淳于髡通过列举一系列生动恰当的例子,巧妙地回答了他一天举荐多名贤士的原因。】万物都是以类相聚。我淳于髡一向与贤士做朋友,我的朋友都是品德高尚、才

▶ 中国古代寓言

华横溢的人，大王您找我寻求贤士，这就像在河里舀水、在火石上取火一样，轻而易举。您怎么能嫌我一天之内举荐的贤士太多了呢？【写作借鉴：此处运用了比喻和反问的修辞手法。淳于髡将自己挑选贤士比作在河里舀水，在火石上取火，突出其简单。反问句则强调了一天推荐七名贤士的合理性。】我周围的贤士多得很，岂止这七个人！以后，我还要继续向大王推荐呢。"

淳于髡的一番话，让齐宣王心服口服。看来，并不是世间的人才太少，而是我们没有找到正确识别人才的方法和途径啊！

Z 知识考点

1.填空题。

淳于髡通过举例子，揭示了"＿＿＿＿＿＿，人以群分"的特点，使齐宣王＿＿＿＿＿＿。

2.判断题。

（1）只有找到识别人才的方法和途径，才能找到人才。（　　）

（2）淳于髡在一天内就向齐宣王推荐了九名贤士。（　　）

3.问答题。

淳于髡是如何成功说服齐宣王的？

_____

_____

Y 阅读与思考

你认为人才重要还是识别人才的方法与途径重要？

打草惊蛇

名师导读

俗话说："不做亏心事，不怕鬼敲门。"县令王鲁之所以会那样惊慌失措，无疑是因为自己平时做了很多欺压百姓之类的亏心事，才会如此心虚。

古时候，当涂县有个县令叫王鲁。他的官职虽不高，却是当地说一不二的大官。他所管辖的地区天高皇帝远，朝廷鞭长莫及，于是他大肆搜刮民财，贪赃枉法。【名师点睛：此处将县令王鲁的贪官形象刻画得淋漓尽致。】

所谓上梁不正下梁歪，县衙里的官吏看见县令这样做，便也学着县令的样子，对百姓巧立名目，敲诈勒索，横征暴敛。

面对官吏们长期的剥削欺压、敲诈勒索，百姓觉得已经没有活路可走了，实在忍无可忍，总希望能有个机会好好惩治他们，出出心中的怨气。

一次，朝廷派官员下来巡察地方的情况。当涂县的百姓认为机会终于来了，便联名写了一份状子，控告县衙主簿营私舞弊、贪赃受贿。【名师点睛：百姓们对王鲁及其手下的行为早已深恶痛绝，总想着找个机会惩治他们，而朝廷派官员下来巡察给了百姓们一个申冤鸣屈的机会，推动了故事情节的发展。】

状子首先递到了县令王鲁的手上。王鲁一看状子，顿时吓得浑身打战，心跳加剧。因为状子上写的主簿的罪状，条条都是事实，而且

▶ 中国古代寓言

每条罪状都和自己所犯的罪相似。看到这份状子，王鲁感觉百姓们状告的仿佛是自己。

王鲁越想越预感到大祸就要临头了。于是，他一边翻看案卷，一边琢磨对策。如果受理此案，再深究，那百姓最后肯定会告到自己头上，但是此事又不能置之不理，否则，百姓不依不饶，还要上告的话，到时就更不好收场了。

王鲁想着想着，惊恐的心怎么也平静不下来，他不由自主地用颤抖的手在案卷上写下了此刻内心的真实感受："汝虽打草，吾已蛇惊。"意思是说：虽然你们告发的是主簿，可是我已经感到事态的严重，就像打草的时候，惊动了草里的蛇一样。写完这些话，王鲁便瘫坐在了座位上。【写作借鉴：此处的动作描写和心理描写，让人清楚地体会到王鲁内心的警醒。"瘫坐"一词更是充分表现了他内心的惊恐和不安。】

Z 知识考点

1. 填空题。

当涂县的百姓联名写了一份状子，控告县衙主簿＿＿＿＿＿＿、＿＿＿＿＿＿。

2. 判断题。

那些干了坏事的人常常是做贼心虚，当真正的惩罚还未到来之前，只要有一点什么声响，他们就会闻风丧胆。（　　）

3. 问答题。

王鲁收到百姓的状子，想到了什么？

_____

_____

Y 阅读与思考

你从这则寓言故事中明白了什么道理？

东郭先生和狼

M 名师导读

狼在寓言中常以阴险狡诈的形象出现,本文中的狼也不例外。对待受伤的狼,东郭先生用仁义和善良去保护它,然而当狼脱离危险后,不但不报恩,反而让东郭先生险遭厄运。狼与东郭先生之间究竟发生了什么呢?

从前,有一个善良的读书人,叫东郭先生。【写作借鉴:开篇介绍人物,点明东郭先生是个善良的人,为下文救狼做铺垫。】

一天,东郭先生赶着毛驴,带着一口袋书,到一个叫中山国的地方去谋求官职。

半路上,一只受伤的狼向他哀求道:"先生,猎人用箭射中了我,我正被他追赶,实在跑不动了,求您把我藏在口袋里吧,我会好好报答您的。"

东郭先生动了怜悯之心:"既然你求我,我就一定想办法救你。"【名师点睛:呼应开篇东郭先生是个善良的人。】于是,东郭先生让狼蜷曲四肢,然后用绳子把它捆住,让它的身体变得小些,再将它装进放书的口袋中。

不一会儿,猎人追来了,他没找到狼,就往别处去了。狼又求东郭先生将它放出来。它一出口袋,就说:"我饿了,您还是好人做到底,让我吃了您吧!"说着,狼张开大嘴,向东郭先生扑去。【名师点睛:东郭先生成功将狼救下,狼刚刚还在说报答,现在却想吃掉东郭先生,表现了狼的阴险狡诈和恩将仇报。】

▶ 中国古代寓言

东郭先生被吓得面无血色，赶紧大声呼喊："来人啊！救命啊！"这时，正好有一个农夫扛着锄头路过，他听到喊声，赶紧跑了过来。

农夫了解了事情的经过后，对狼说："东郭先生救了你，对你有恩，你为什么要恩将仇报呢？"

狼狡辩道："他用绳子捆绑我的四肢，把我装在不透气的口袋里，分明是想闷死我，我当然要吃掉这种人了。"【名师点睛：东郭先生对狼有恩，狼不仅不报答，还反咬一口，把自己说成受害者，体现出狼的虚伪狡诈。】

农夫说："我不相信这么小的袋子能装得下你。这样吧，你让东郭先生再装一次，我亲眼看一看。"

狼同意了。于是东郭先生把狼捆了起来，装进袋中。农夫赶紧抢起锄头，把狼打死了。

Z 知识考点

1. 填空题。

东郭先生把狼装进_____，帮它躲避了猎人的追捕。狼出来后，不仅不感谢东郭先生，还要_____。在一位_____的帮助下，东郭先生脱离了险境。

2. 判断题。

东郭先生在一个农夫的帮助下脱离了狼口。　　　　（　　）

3. 问答题。

东郭先生最后是怎样脱离狼口的？

_____

_____

Y 阅读与思考

东郭先生是怎样帮助狼摆脱猎人的追捕的？

屙金子的石牛

M 名师导读

听到可以屙(ē)金子的石牛，大家会不会感到奇怪呢？世界上真的有可以屙金子的石牛吗？答案当然是否定的。然而在蜀国，蜀君却相信了这个传言，甚至为了获得石牛修平了维护国家安全的险路。最终蜀国不仅没能拥有屙金子的石牛，反而遭到了他国的入侵。

从前，蜀国土地肥沃，物产丰富。邻近的秦国早就对它垂涎三尺，想要把它占为己有。[名师点睛：开篇交代故事背景——秦国想要占领蜀国。]可是通往蜀国的道路非常险峻，沿途有万丈深谷和陡峭的悬崖绝壁，人一旦不小心跌下去就会摔个粉身碎骨。尽管秦国虎视眈眈[形容贪婪而凶狠地注视]，但蜀国易守难攻，秦国的大军难以行进，秦国对此无可奈何。

蜀国的国君生性贪婪、昏庸无道，总是大肆搜刮百姓的财富来满足一己之欲，有时甚至不惜一切代价。[名师点睛：蜀君的贪婪给了秦国可乘之机，暗示了在他掌管下的蜀国即将走向灭亡的命运。]秦惠王得知蜀君的性情之后觉得有机可乘。经过一番冥思苦想，秦惠王终于想出了一个主意。

秦惠王命令工匠打造了一头巨大的石牛，在石牛的屁股后面放了好多金银珠宝，并派人放出消息说这头石牛会屙金子。

蜀国的探子把关于这头屙金子的石牛的奇闻告诉了蜀君，蜀君听完十分羡慕，心想：要是我有这头石牛，天天给我屙金子，那该有多好啊！【写作借鉴：此处运用心理描写，表现出蜀国国君听到能屙金子的石牛后的

25

> 中国古代寓言

美慕之情，将他的贪婪与爱财刻画得入木三分。】正在这时，秦国的使者访问蜀国，他说秦惠王为了表示秦国与蜀国交好的诚意，决定把会屙金子的石牛送给蜀君。

蜀君欣喜若狂，他听使者说石牛身躯十分庞大，秦国通向蜀国的路途又十分险峻，要将石牛从秦国运到蜀国来恐怕非常困难，就急忙保证道："这个包在我身上，贵国国君既然肯把石牛送给我，我当然会想办法让石牛顺利运进来，就请你们的国君放心吧。"【写作借鉴：此处运用了语言描写，说明蜀君是个头脑简单的人。】

为了能让石牛顺利到达，蜀君不顾大臣们的反对，在国内征调了大量民工，挖开悬崖，填平深谷，把通向蜀国的险径都修成了平坦大道。然后他派了五个大力士到秦国去迎接石牛。

然而，秦国进攻蜀国的大军早已悄悄跟在石牛后面，随着石牛进入了蜀国，最终一举灭掉了蜀国。【名师点睛：蜀君万万没想到自己因小失大，亡了国，损害了整体利益。】

Z 知识考点

1. 填空题。

秦国早就对富庶的蜀国_____，想要把它占为己有。秦惠王假装表示秦蜀友好的诚意，决定把_____送给蜀君。

2. 判断题。

在对待整体利益与眼前小利上，整体利益远比眼前小利更加重要。（　　）

3. 问答题。

秦惠王为什么要把会屙金子的石牛送给蜀君？

_____

_____

Y 阅读与思考

这个故事告诉我们什么道理？

放火与点灯

M 名师导读

"不以规矩,不能成方圆。"如果我们的生活中失去了法律的约束,那么世界将变得混乱和无序。在宋朝,有个叫田登的人当了官后非常蛮横,对百姓提出了很多无理的要求,并且强迫他们去遵守,最后闹出了一场令人啼笑皆非的闹剧。这个田登到底有多霸道呢?他究竟提出了什么样的要求呢?

宋朝时,有个叫田登的人,平时为人十分挑剔苛刻。后来,他当官做了郡守,架子更大,脾气更凶,在老百姓面前摆谱摆得出了格。他平时最忌讳别人说出他的名字,而且但凡与他名字中"登"字同音的字,都得换个说法。【名师点睛:与"登"同音的字都得换个说法,体现出田登的蛮横与霸道。】比如说"蹬",只能说成"跳","登高"只能说成"上高"。不止如此,百姓们用得最多的"灯"字,也被换成了"火"字。谁要是一时疏忽说了"灯"字,那可就要倒霉了,免不了一顿揍;若遇上田登大人心情不佳的时候,那恐怕还要被罚款、革职。【名师点睛:为了让他人避自己的名讳,田登竟不择手段,可见其残暴和凶狠。】不管是当地老百姓,还是在他手下当差的官员,都为此吃了不少苦头。

不久到了元宵节,按照传统要闹花灯。州府传下命令,可以放花灯三天。可是他手下的人怎么敢写成"放灯"呢?冥思苦想,告示只能写成这样:"郡守传下令来,按照传统习俗,州里放火三天。"【名师点睛:由于田登的蛮横与残暴,其手下也只能被迫服从他的意志,体现出郡守田

> 中国古代寓言

登对手下及百姓的压迫。】

告示被高高悬挂在闹市街头,过往行人围在告示前,指指点点,议论纷纷。人们开玩笑说只许州官放火,不许百姓点灯。

原本这只是体现统治者专横霸道的一件小事情,老百姓们却利用这句一语双关的话,讽刺了统治者目无法纪、胡作非为的丑恶行径。

Z 知识考点

1.填空题。

（1）田登做了郡守后,平时最忌讳的事情是＿＿＿＿＿＿＿＿＿。

（2）田登的手下不敢违抗田登的命令,将州府命令中的"放灯"改成了"＿＿＿＿＿＿"。

2.判断题。

（1）郡守田登横行霸道,当地的老百姓以及在他手下当差的官员都吃了不少苦头。（　　）

（2）告示被高高悬挂在闹市街头,过往百姓对告示上的内容没有一点异议。（　　）

3.问答题。

为什么田登的手下要对州府传下的命令进行改写？

＿＿＿＿＿＿＿＿＿＿＿＿＿＿＿＿＿＿＿＿＿＿＿＿＿＿＿＿＿＿＿＿

＿＿＿＿＿＿＿＿＿＿＿＿＿＿＿＿＿＿＿＿＿＿＿＿＿＿＿＿＿＿＿＿

Y 阅读与思考

1.田登的做法对吗？说出你的理由。

2.生活中,我们要如何对待像田登一样的人？

飞蛾扑火

> **M 名师导读**
>
> 飞蛾很脆弱,却执着于扑向火焰,即使火会使它丧失生命,它也依旧不断尝试接近火焰,这是为什么呢?林子看到飞蛾执着的表现后,他说了什么呢?

有天夜里,林子和客人一起坐在院子里乘凉。天很黑,周围非常安静,只有一支蜡烛在亮着光。林子和客人一起畅谈古今,两个人对人生感慨不已。【名师点睛:开篇交代时间以及地点,通过营造静谧和幽暗的环境,为飞蛾的出场奠定了基础。】

突然,一只飞蛾扑打着翅膀,围绕着烛火飞来飞去,还发出细微的嘶嘶声。林子拿起扇子驱赶飞蛾,它受到驱赶就飞走了。可是没过一会儿,这只飞蛾又飞回来了,林子再次用扇子驱赶它,然而不一会儿它又飞回来,而且不顾一切地朝着蜡烛微弱的光亮扑去。这样来来回回,反复了七八次。终于,飞蛾细小的翅膀被烛火燎焦了,它再也飞不起来了,被迫落在地上,仍然不甘心地扑扇着翅膀向烛火的方向挪动,直到失去了最后一丝气息。【写作借鉴:此处通过对飞蛾即使翅膀已被烛火燎焦,仍然向烛火方向挪动的动作描写,突出了飞蛾的执着。】

看了飞蛾投火的情景,林子感叹地对客人说:"你看这飞蛾多愚蠢啊!火本来是烧身的,飞蛾偏偏不顾死活地去扑火,落得个自寻死路的下场!"

客人也深有同感地说:"谁说不是呢?可是有时候人比飞蛾更加愚

▶ 中国古代寓言

蠢啊！"

林子说："没错，世上有太多的声色利欲，吸引人们拼命去追逐、争夺，不就像这飞蛾扑火？那些追名逐利却不怀疑、自取灭亡却不后悔的人，不也是像这飞蛾一样既可悲可怜又落人讥笑吗？"【名师点睛：林子联想到某些人追逐声色利欲的行为，较飞蛾扑火有过之而无不及，表达出对这类人的批判和感慨。】

Z 知识考点

1.填空题。

（1）飞蛾扑打着翅膀，围绕着烛火飞来飞去，还发出_____的嘶嘶声。

（2）林子认为，飞蛾不知死活地去扑火的行为是_____的。

2.判断题。

（1）飞蛾经过多番尝试后，放弃靠近烛火飞走了。（　　）

（2）林子认为，人世间的追名逐利正如飞蛾扑火一般，可悲可怜又可笑。（　　）

3.问答题。

林子将什么样的人比作执意扑火的飞蛾？

_____

_____

Y 阅读与思考

1.林子的话可以给我们带来哪些启示？

2.你认为飞蛾为什么要执着地扑火？

焚庐灭鼠

> **M 名师导读**
>
> "老鼠过街，人人喊打"，可见人们对老鼠的痛恨。为了灭杀老鼠，越西的一个男子甚至将自己的房子烧毁了，究竟是什么原因，竟使得男子如此动怒？

越西有个独居男子，他用芦苇和茅草盖了一间小屋。

可是有一件事一直困扰他，那就是屋子里的老鼠太多了。也不知道是从哪里来的一帮老鼠，数量一直成倍地增长。【名师点睛：交代了故事的起因，日益增多的鼠患成为这名男子的心病。】白天，老鼠成群结队地在屋子里跑来跑去，在房梁间上蹿下跳。夜里，它们钻进橱柜、跳上桌子、跑进箱子，见东西就咬。男子的衣服、家具都被它们咬坏了。为了灭鼠，男子想了好多办法，却都无济于事。

有一天，男子喝醉了酒，昏昏欲睡。【写作借鉴：此处运用了埋伏笔的手法，以男子醉酒为伏笔，为下文男子酒后狂怒，做出焚庐灭鼠的过激举动蓄势。】他跌跌撞撞地回家来，打算好好睡一觉。可是他的头刚刚挨上枕头，就听见老鼠窸窸窣窣的动静。他困得没心思和老鼠计较，就用被子蒙住头，翻个身继续睡觉。可老鼠却不肯轻易放过他，竟钻进男子的被子里啃起来。这男子用力拍打了几下被子，想把老鼠赶出去再睡。这下，老鼠终于安静下来了。男子正准备入睡，却忽然闻到一股令人作呕的腥臊味，他一摸枕边，发现竟然有一泡鼠尿！【名师点睛：通过写老鼠啃被子、在枕头边撒尿等行为，体现老鼠的猖獗，也让读

> 中国古代寓言

者感受到了男子蹭蹭上涨的怒气,推动故事情节向高潮发展。】被老鼠这么折腾,他忍无可忍,怒气充斥了头脑。借着酒劲,他取了火把四处烧老鼠,房子原本就是茅草和芦苇盖的,一点就着,火势迅速蔓延开来。火越烧越大,老鼠终于全被烧死了,可屋子也被烧毁了。

第二天,男子酒醒后,才发现自己把房子烧了,他已经一无所有。从此,他成了一个无家可归的人。【名师点睛:男子因为放火烧鼠最终无家可归,从侧面表现了男子的愚蠢与冲动。】

Z 知识考点

1.填空题。

白天,老鼠成群结队地在屋子里＿＿＿＿＿＿,在房梁间＿＿＿＿＿＿。夜里,它们钻进橱柜、＿＿＿＿＿＿、跑进箱子,见东西就咬。

2.判断题。

(1)男子用了很多种方式治理鼠患,最终获得了成功。（　　）

(2)遇事一定要冷静分析,想个周全的法子去解决。若凭一时的冲动蛮干,只会得不偿失。（　　）

3.问答题。

男子为什么生气地取火把烧老鼠?

＿＿＿＿＿＿＿＿＿＿＿＿＿＿＿＿＿＿＿＿＿＿＿＿＿＿＿＿＿＿

＿＿＿＿＿＿＿＿＿＿＿＿＿＿＿＿＿＿＿＿＿＿＿＿＿＿＿＿＿＿

Y 阅读与思考

读完这个故事,你得到了什么启示?

高价买邻

M 名师导读

环境对一个人各方面的影响是不容忽视的,我们应当亲近并珍惜那些有德行的人。南北朝时,就有这么一个人,他为了能经常接触品行高尚的人,竟不惜斥巨资买房与之为邻。

南北朝时期,有个叫吕僧珍的人,他品德高尚,待人诚恳,饱读诗书。吕僧珍家教极严,他对每一个晚辈都耐心指导、严格要求,所以他家形成了优良的家风,也因此美名远扬。【写作借鉴:吕僧珍治家有方,吕家也被人称颂,为下文季雅慕名搬家埋伏笔。】

南康郡守季雅是个正直的人。【写作借鉴:该句为本段的总起句。】他为官清廉,刚正不阿,为此得罪了很多人,一些贪官污吏视他为眼中钉、肉中刺,总想除掉他。终于有一天,季雅被革职了。

季雅被罢官以后,该去哪里住呢?他不愿随随便便地找个地方将就,于是四处找人打听,看哪里的住所最符合他的要求。

很快,他就从别人口中得知,吕僧珍家家风极好,不禁大喜。季雅来到吕家拜访,发现吕家人个个文质彬彬,知书明理,果然名副其实。说来也巧,吕家的邻居正要搬到别的地方去,打算把这里的房子卖掉。【名师点睛:这里的巧合为季雅买房提供了契机。】季雅赶快去找这家要卖房子的主人,愿意出一千一百万钱的高价买房。房主人二话不说就同意了。

于是季雅将家人接过来,就在这里住下了。

> 中国古代寓言

　　吕僧珍过来拜访新邻居。两人互相寒暄,吕僧珍问季雅:"先生买这幢住宅,花了多少钱呢?"季雅实话实说,吕僧珍大吃一惊:"据我所知,这处宅院是旧宅子,面积也不大,怎么价钱这么高呢?"季雅笑着回答说:"我这钱里面,一百万钱用来买宅院,一千万钱是用来买您这位品行高尚、家风优良的好邻居的啊!"【写作借鉴:此处运用语言描写,阐明了季雅花费高价买下房子的原因,同时也从侧面突出了吕僧珍的高尚品格和吕家的优良家风。】

Z 知识考点

1.填空题。

因为吕僧珍树立的优良家风吸引了季雅,所以季雅不惜花费_____买下房子,与他做邻居。这些买房的钱中,_____钱用来买宅院,_____钱用来买与高尚的人做邻居的机会。

2.判断题。

(1)季雅肯出高得惊人的价钱买房,体现出该房子的地段好、陈设好、风水好。　　　　　　　　　　　　　　　(　　)

(2)环境对一个人各方面的影响是不容忽视的,我们应当亲近并珍惜那些有德行的人。　　　　　　　　　　　(　　)

3.问答题。

为什么季雅愿意付出巨额财富选一个好邻居?

_____

_____

Y 阅读与思考

读完本文,你会联想到哪个含义相近的典故?

狗猛酒酸

M 名师导读

卖酒人做生意公平,从不缺斤少两,对待客人也十分热情周到,可他的酒却卖不出去。是因为酒质量不好,还是因为店堂环境不够高档、优雅呢?其实都不是,那么为什么卖酒人的生意会如此惨淡?让我们一起来看看吧!

宋国有个卖酒的人,为了招揽顾客,他总是将店堂打扫得干干净净,将盛酒器皿收拾得清清爽爽,而且在门外还高高挂起一面长长的酒幌子[即酒旗,招揽生意的旗子],上书"天下第一酒"几个大字。【名师点睛:这里写卖酒人竭力打造干净的饮酒环境,体现出他对卖酒非常用心和尽力,同时也与下文卖不出去酒形成了鲜明的反差。】远远看去,这里的确像个很有吸引力的酒家。然而奇怪的是,这里的酒却卖不出去,整坛整坛的酒都因为放置太久变质了,非常可惜。

这个卖酒的宋国人百思不得其解,于是他向周围的邻居请教好酒卖不出去的原因。邻居们告诉他:"这是因为你家养的狗太凶猛了。我们都亲眼看到过,很多人高高兴兴地提着酒壶准备去你家买酒,可是还没走到店门口,你家的狗就蹿出来大吼大叫,甚至还准备扑上去撕咬人家。这样一来,还有谁敢到你家去买酒呢?长此以往,你家的酒就只能堆在店里等着发酸变质啊。"【写作借鉴:此处运用语言描写,借邻居们的话阐明了生意惨淡的真正原因,发人深省。】

一只恶狗看门,就能把一个好端端的酒店弄得门可罗雀,以小见

▶ 中国古代寓言

大，如果一个国家让坏人控制了要害部门，其后果必然是忠奸颠倒，社会腐败，百姓受难。

Z 知识考点

1.填空题。

卖酒的宋国人为了招揽生意，在门外挂起了一面酒幌子，上面写着"_____"几个大字。可他家的生意总是很惨淡，他_____，于是向左邻右舍请教原因。

2.判断题。

（1）酒卖不出去说明卖酒人酿造的酒质量不高，容易发酸。（　　）

（2）如果一个国家让坏人控制了要害部门，其后果必然是忠奸颠倒，社会腐败，百姓受难。（　　）

3.问答题。

宋国人卖不出去酒的真正原因是什么？

_____

_____

Y 阅读与思考

1.宋国人卖酒的故事对我们的日常生活有什么启示？

2.卖酒人后来是如何得知他家的酒卖不出去的原因的？

邯郸学步

M 名师导读

一味追求他人的东西,盲目地模仿别人的行为而没有自己的风格,是不可取的,最终吃苦头的还是自己。本篇故事中的燕国青年的境遇就是教训。

战国时期,燕国有个青年人,他听说赵国都城邯郸的人特别有风度,他们走起路来潇洒优雅,步伐优美。于是这个青年决定去邯郸学走路。他不顾家人的强烈反对,带上盘缠,跋山涉水,专程赶到邯郸学习走路。【名师点睛:燕国青年不顾阻拦,执意学邯郸人走路,体现出燕国青年的盲目与冲动。】

他来到邯郸城的大街上,看着来来往往的人群,不知该如何迈开步伐。这时,迎面走来一个年轻人,走路的姿态实在令人艳羡。于是等那人走过,燕国青年就跟在他后面模仿:那人迈左脚,燕国青年也迈左脚,那人迈右脚,燕国青年也迈右脚。但燕国青年一个不留神,就搞乱了左右,连怎么走路都忘了,哪还顾得上什么走路姿态。眼看那人越走越远,燕国青年渐渐跟不上了,他只好留在原地。【写作借鉴:此处运用了动作描写,将燕国青年模仿邯郸人走路的姿态刻画得惟妙惟肖,突出燕国青年的滑稽可笑。】接着他又盯住了一位老者,依旧跟在别人身后亦步亦趋地学走路,引得街上的人驻足观看,有的人甚至捂着嘴笑。几天下来,他累得腰酸腿疼,但学来学去总觉得差点什么。

燕国青年心想,学不好的原因肯定是自己习惯了以前的走路方式,

> 中国古代寓言

于是，他下决心戒掉自己原来的走法，从头开始学习走路，一定要学会邯郸人的走路方式。

可是一连过了好几个月，眼看盘缠就要花光了，燕国青年不仅没有学会邯郸人的走法，而且还把自己原来的走路方式忘得一干二净。无奈，他只好在地上爬着回去，那样子实在是狼狈不堪。【名师点睛：此处照应前文，燕国青年自信满满离家来邯郸学走路，最终却落得爬着回家的可笑下场，两相对比，使人忍俊不禁又感悟极深。】

知识考点

1. 填空题。

燕国青年不顾家人的强烈反对，_____，跋山涉水，专程赶到_____学习走路。几个月后，燕国青年忘记了自己原来是怎样走路的，最后只能_____回家。

2. 判断题。

燕国青年最终成功模仿出邯郸人的走路姿势，顺利回家。（　　）

3. 问答题。

燕国青年为什么执意要前往邯郸学习走路？

_____

_____

阅读与思考

燕国青年的境遇向我们说明了一个什么道理？

寒号鸟

M 名师导读

寒号鸟凭借着自己嘹亮的歌喉在鸟儿们面前趾高气扬,最后却落得一个悲惨的下场。寒号鸟的故事给了我们一个启示:那些只顾眼前,得过且过,不做长远打算,不愿用辛勤劳动去创造生活的人,也会落得和寒号鸟一样的下场。

据说寒号鸟有一副嘹亮的歌喉,因此它骄傲得不得了,觉得自己的歌声是天底下最动听的,连百灵鸟也不能同自己相比。于是它整天到处卖弄自己的歌喉,还扬扬得意地唱着:"百灵鸟不如我!百灵鸟不如我!"【名师点睛:此处写寒号鸟反复地唱"百灵鸟不如我",表现出它炫耀自己的歌喉时骄傲自满的形象。】

夏天过去了,秋天到来,鸟儿们都各自忙开了。它们有的结伴飞向南方,准备在那里度过冬天;有的留下来,就整天辛勤忙碌,贮藏食物啦,修理窝巢啦,做好过冬的准备工作。只有寒号鸟,既没有到南方去的本领,又不愿辛勤劳动,仍然整日东游西荡,一个劲儿地到处炫耀自己嘹亮的歌喉。【名师点睛:在鸟儿们为过冬做准备时,寒号鸟依然沉浸于自我欣赏和炫耀中,暗示了下文寒号鸟冬天挨饿受冻的可悲下场。】

冬天终于来了,天气寒冷极了,鸟儿们都住到了自己温暖的窝巢里。而这时的寒号鸟躲在石缝里,冻得浑身直哆嗦,还不停地叫着:"好冷啊,好冷啊,等到天亮了就垒个窝啊!"【名师点睛:鸟儿们都住到自己温暖的窝巢里,而寒号鸟冻得浑身直哆嗦,这两种境遇形成鲜明的对

39

中国古代寓言

比。"等到天亮后，太阳出来了，温暖的阳光一照，寒号鸟又忘记了夜晚的寒冷，于是它又不停地唱着："得过且过！得过且过！太阳下面暖和！太阳下面暖和！"

寒号鸟就这样一天天地混着，过一天是一天，一直没给自己垒个窝。最后，它没能熬过寒冷的冬天，终于冻死在岩石缝里了。

知识考点

1.选择题。

寒号鸟最后冻死的原因有哪些？　　　　　　　　（　　）

A.懒惰　　　B.不会做窝　　　C.不听劝告　　　D.得过且过

2.判断题。

（1）那些只顾眼前,得过且过,不做长远打算,不愿用辛勤劳动去创造生活的人,也会落得和寒号鸟一样的下场。（　　）

（2）寒号鸟凭借自己的辛勤劳动,顺利地度过了寒冷的冬天。（　　）

3.问答题。

为什么寒号鸟最终没能熬过寒冷的冬天？

_____

_____

阅读与思考

冬天快来了，鸟儿们和寒号鸟分别是怎么做的？从中可以看出它们各自有什么特点？

涸辙之鱼

M 名师导读

当我们遭遇困难,渴望得到帮助的时候,可能会遇到一些说大话、讲空话,不解决实际问题的人。著名思想家庄子有一次去监河侯家借粮,就曾遇到过这种情况,他靠自己的智慧,巧妙地驳斥了这种人。

庄子家穷得揭不开锅,无奈之下,他只好硬着头皮到监理河道的官吏家借粮。【名师点睛:开篇交代故事背景。"揭不开锅",体现出庄子生活境况的窘迫。】

监河侯见庄子登门求助,爽快地答应借粮。他说:"可以,等我收到租税后,马上借你三百两银子。"

庄子听罢,脸一下子沉了下去。他愤然地对监河侯说:"我昨天在路上听到呼救声,环顾四周看不到人,再仔细观察周围,才发现干涸的车辙里躺着一条鲫鱼。"【名师点睛:庄子明明是向监河侯求助,却话锋一转,开始讲起了故事,通过故事来巧妙地回应监河侯的答复,体现了庄子的机智和灵活应变的处事能力。】

庄子叹了口气,接着说:"它见到我,立即向我求救。这条鲫鱼说它原住东海,不幸掉在车辙里,无力自救,眼看快要干死了,请求路人给点水,救救它的性命。"

监河侯听了庄子的话后,问他有没有救助鲫鱼。

庄子白了监河侯一眼,冷冷地说:"我说可以,等我到南方,劝说吴王和越王,请他们把西江的水引到这里,把你接回东海老家去!"

> 中国古代寓言

监河侯听完傻眼了,认为庄子的救助方法十分荒谬:"那怎么行呢?"

"是啊,鲫鱼听了我的主意,当即气得瞪大了眼,说:'我现在躺在车辙里,只需要几桶水就能解除困境,你说的所谓引水全是空话,还没等把水引来,我早已经成了鱼市上的一条干鱼啦!'"【写作借鉴:此处运用了语言描写。对于监河侯的反应,庄子的回复一语双关,表面上表达了鲫鱼对庄子这种做法的不满,实则暗含庄子对监河侯做法的不满。】

Z 知识考点

1.填空题。

庄子生活清贫,由于缺乏粮食,无奈之下只好去_____家借粮。监河侯答应借钱给_____,但前提是_____。

2.判断题。

(1)这篇寓言揭露了监河侯假大方、真吝啬的伪善面目。 (　　)

(2)鲫鱼听从了庄子的主意,最后成功获救。 (　　)

3.问答题。

庄子借涸辙之鱼的故事,想要表达什么?

_____

_____

Y 阅读与思考

1.试通过监河侯的语言分析监河侯的人物形象。

2.在生活中,我们应如何对待监河侯这样的人?

猴子捞月

M 名师导读

有一只猴子发现月亮"掉"到了井里,随即引发了猴群的一阵惊慌,最终猴群决定将井里的月亮捞起来。月亮真的掉进井里了吗?猴群捞起井中的月亮了吗?

一天晚上,一只小猴子在井里发现了一个明晃晃的月亮,便大叫起来:"不得了啦!月亮掉到井里了!"【名师点睛:由小猴子的叫声,引出了故事的起因——月亮掉到井里了。】一只大猴子听到叫声,跑到井边朝里一看,也大叫起来:"不得了啦!月亮掉到井里了!"它们的叫声惊动了猴群,老猴子带着一大群猴子朝井边跑来。当它们看到井里的月亮时,都一起惊叫起来:"不得了啦!月亮掉到井里了!"突然,一只老猴子说:"大家别嚷嚷了,我们快想办法把月亮捞起来吧!"

井旁边有一棵老槐树,老猴子率先跳到树上,头朝下倒挂在树上,其他的猴子就一个接着一个,你抱我的腿,我勾你的头,挂成一长条,直深入井中。【写作借鉴:此处运用了动作描写,对众猴齐心协力捞月的情形进行细致刻画,一幅生动的猴子捞月图如临眼前。】

小猴子体轻,挂在最下边,它将手伸到井水中,对着明晃晃的月亮一把抓去,可是它除了抓起几滴水珠外,什么也没抓到。小猴子不停地抓呀,捞呀,折腾了老半天,依然捞不着月亮。

倒挂了半天的猴子们觉得很累,都有点支持不住了。有的开始埋怨说:"快些捞呀,怎么还没捞起来呢?"有的叫着:"我挂不住啦!挂不

43

▶ 中国古代寓言

住啦!"

老猴子也渐渐腰酸腿疼,它猛一抬头,忽然发现月亮依然在天上,于是它大声说:"不用捞了,不用捞了,月亮还在天上呢!"【名师点睛:老猴子的话点醒了瞎忙一气的猴群,月亮实际上并未掉落,水中的月亮只是倒影罢了。】

众猴抬头朝天上一看,月亮果真好端端地挂在天上呢。

Z 知识考点

1.填空题。

猴群在捞月亮时,老猴子率先跳到树上,＿＿＿＿＿＿＿＿在树上,其他的猴子就一个接着一个,你抱我的腿,＿＿＿＿＿＿＿＿,挂成一长条,直深入井中。

2.判断题。

(1)众猴齐心协力,最终捞起了井中的月亮。　　　　(　　)

(2)众猴不了解井中月亮的真相,以假当真,结果空忙一场,又愚蠢又可笑。　　　　　　　　　　　　　　　　　　(　　)

3.问答题。

小猴子为什么突然在井边大叫?

＿＿＿＿＿＿＿＿＿＿＿＿＿＿＿＿＿＿＿＿＿＿＿＿＿＿＿＿
＿＿＿＿＿＿＿＿＿＿＿＿＿＿＿＿＿＿＿＿＿＿＿＿＿＿＿＿

Y 阅读与思考

猴群是怎样捞月亮的?

囫囵吞枣

> **M 名师导读**
>
> 在日常学习中，我们常常会遇到一些晦涩难懂的知识点，对这些知识点我们该怎么去吸收呢？是一股脑儿地不加以消化地死记硬背吗？或许我们可以在《囫囵吞枣》这个故事中找到答案。

古时候，有几个人闲来无事，聚在一起天南地北地聊天。一个年纪稍长的人对周围几个人说："吃梨对人的牙齿有很多好处，不过，吃多的话会伤脾。吃枣正好与吃梨相反，吃枣可以健脾，但是吃多了会伤牙。"

人群中有一个呆头呆脑的青年人，他听完这话就站在一旁沉思。【名师点睛："呆头呆脑"一词体现出青年人的人物形象，也让下文这个青年人自作聪明的发言合理化。】

他思考了半响说："我有一个好办法，可以吃梨有利牙齿又不伤脾，吃枣健脾又不伤牙。"那个年纪稍长的人急忙问他："你有什么好办法？快说给我们听听！"

那个青年人挠了挠头，不紧不慢地说："吃梨的时候，我们就用牙去嚼，不把梨咽下去，它就伤不着脾了；吃枣的时候，我们不用牙嚼，一口吞下去，这样不就不会伤着牙齿了吗？"【名师点睛：吃梨不咽下去，吃枣一口吞下去，青年人毫无生活常识的发言更加突出了他的愚蠢和滑稽。】

另一个人听了青年人说的话，跟他开玩笑说："你这不是将枣囫囵

45

▶ 中国古代寓言

着吞下去了吗？"【名师点睛：看似开玩笑，实则蕴含着对青年人的讽刺和嘲弄。】

在场的人都哄堂大笑，笑得那个青年人摸不着头脑，看起来更加傻乎乎了。

Z 知识考点

1.填空题。

吃梨对人的_____有好处，但吃多了会_____。吃枣可以_____，但吃多了对_____有害。

2.判断题。

（1）吃梨对人的牙齿和脾都有好处。（　　）

（2）如果对所学的知识不加以分析、理解、消化，只是一味死记硬背，那是得不到什么好效果的。（　　）

3.问答题。

面对吃梨和吃枣的利与弊，青年人是怎么设想的？

_____
_____

Y 阅读与思考

生活中，人们常用"囫囵吞枣"来比喻什么？

狐假虎威

> **M 名师导读**
>
> 　　老虎是百兽之王,受到动物们的敬畏,而狐狸明明没有使动物敬畏的能力,却迷惑住了老虎。狐狸究竟是怎么做到的呢?就让我们读一读这个故事吧!

　　某天,有只大老虎正在深山老林里搜寻猎物,突然发现了一只狐狸,老虎猛地扑过去迅速抓住了它,心想又可以美美地饱餐一顿了。

　　狐狸眼见自己即将落入虎口,吓得瑟瑟发抖。但它天性狡猾,鬼主意多,它很快镇定下来,气势汹汹地对老虎说:"我可是天帝派到森林里的百兽之王,你今天要是敢吃了我,天帝一定不会饶恕你。"【写作借鉴:此处运用语言描写,体现出狐狸头脑灵活,也反映了它狡猾的天性。】

　　老虎听了,对狐狸的话半信半疑,就问它:"你说你是百兽之王,有什么证据吗?"

　　狐狸赶紧说:"你要是不相信我的话,可以跟我到森林中走一走,我让你亲眼看看百兽对我的敬畏。"【名师点睛:为了向老虎证明自己所说属实,狐狸决定带老虎在森林中巡视一番。】

　　老虎想这倒也是个办法,于是它就让狐狸在前面带路,自己跟在后面,这样一前一后向森林深处走去。【名师点睛:狐狸在前,老虎在后尾随,这是狐狸在借老虎的威风吓其他动物,说明狐狸的心计深。】

　　森林中的野兔、羚羊、梅花鹿、黑熊等动物远远地看见老虎庞大的身影靠近,一个个魂飞魄散,纷纷夺路而逃。【名师点睛:狐狸借老虎

● 中国古代寓言

的威风迫使动物四处逃窜，让老虎对它编出的假身份深信不疑。]

就这样在森林里转了一圈之后，狐狸扬扬得意地对老虎说："现在你看到了吧？森林中的百兽，有谁不怕我这个百兽之王？"

Z 知识考点

1.填空题。

（1）狐狸被老虎抓住后，自称是_____派到森林的百兽之王。

（2）狐狸之所以能成功从老虎口中逃脱，是因为它生性_____。

2.判断题。

（1）森林里的动物对被派来当百兽之王的狐狸充满恐惧，对狐狸望而生畏。（   ）

（2）对于那些像狐狸一样仗势欺人的人，我们应当学会识破他们的伎俩。（   ）

3.问答题。

森林里的动物为何看到狐狸就纷纷夺路而逃？

_____

_____

Y 阅读与思考

从这个故事中，我们可以明白怎样的道理？

画鬼最易

> **M 名师导读**
>
> 　　在绘画中,大家觉得画什么最简单呢?鬼,向来被认为是非常抽象而难以描述的东西,然而本篇故事中的画家却觉得画鬼是最容易的,这是为什么呢?让我们一起看看画家是怎么说的。

　　春秋时期有一个画技高超的画家,有一天,齐王邀请他给自己画像。画到一半,齐王好奇地问画家:"比较起来,什么东西最难画呢?"【名师点睛:开篇交代故事背景,借齐王发问引出本文论点。】

　　画家回答说:"正在活动的狗与马,是最难画的,我也不怎么会画。"

　　齐王又问道:"那什么东西最容易画呢?"

　　画家回答说:"画鬼最容易。"

　　"为什么呢?"

　　"因为狗与马这些东西经常出现在人们的视线里,人们已经非常熟悉,哪怕画错一点点儿,人们也会轻易发现,所以难画;正在活动中的狗与马尤其难画,因为它们虽然有形状,但形状又无法固定。至于鬼,谁也没见过,没有确定的形体,也没有清晰的相貌,那就可以任我自由发挥,画出来以后,没有人能证明我画得不像,所以画鬼是很容易的,不需要耗费心神。"【写作借鉴:本段运用了语言描写。画家对画狗画马难而画鬼容易这一论点展开了细致的分析,有理有据,详细地回应了齐王的发问,也解开了读者心中的疑问,发人深思。】

▶ 中国古代寓言

Z 知识考点

1.填空题。

(1)春秋时期有一个很高明的画家,他被请来为_____画像。

(2)画家认为_____是最难画的,而画_____是最容易的。

2.判断题。

(1)世上的人谁也没见过鬼,因为世上根本没有鬼。（　　）

(2)画家的一番言论说明:如果没有具体的客观标准,就会容易使人"弄虚作假"和"投机取巧"。（　　）

3.问答题。

为什么画家认为画鬼是最容易的呢?

_____
_____

Y 阅读与思考

1.为什么人们熟悉的东西反而难画呢?

2.读完这个故事,你明白了什么道理?

画蛇添足

> **M 名师导读**
>
> 众门客为争一壶祭酒而比拼画蛇,有一位最先画完蛇的门客心中很得意,决定再给蛇添上几只脚。正当他给蛇画脚的时候,另一位门客也完成了画作,这壶酒到底归谁呢?

有个楚国贵族,在祭祀完祖宗后,随手把一壶祭酒赏给门客们喝。门客们拿着这壶酒,面面相觑,不知如何处理。【名师点睛:开篇交代了故事的起因,从而引出本文的中心事件。】他们觉得这壶酒太少,肯定不够众人分,还不如全给一个人痛痛快快地喝。可是该给谁好呢?于是,有个人就建议:"每个人在地上画一条蛇,谁先画好,这壶酒就归谁喝。"大家都同意了这个办法。

门客们一人拿一根小棍,开始在地上画蛇。有一个人画得很快,不一会儿就把蛇画好了,于是他把酒壶拿了过来。他正准备喝酒时,突然看见其他人还没画完,他得意扬扬地又拿起小棍,自言自语道:"我再给蛇添上几只脚,他们也未必画得完。"【名师点睛:这个门客明明已经画完了蛇,却自作聪明给画好的蛇添上脚,可见他骄傲自满且自以为是。】他边说边给蛇画脚。

这个人还没给蛇画完脚,手上的酒壶就被旁边的人夺了过去,原来,那个人的蛇也画完了。这个给蛇画脚的人很生气,说:"我最先画完蛇,酒是我的!"那个人笑着说:"你到现在还在画,而我已经画完了,酒当然是我的!"画蛇脚的人争论说:"我早就画完了,现在是趁时

中国古代寓言

间还早,给蛇添几只脚而已。"那人说:"蛇本来就没有脚,你要给它添几只脚那你就添吧,反正酒你是喝不成了!"【名师点睛:第二个画完蛇的门客,用事实犀利地回击了画蛇脚的人,表达出对喜欢节外生枝、卖弄自己的人的鄙视。】

说完,那人毫不客气地喝起酒来,而那个给蛇画脚的人却只能眼巴巴看着本来属于自己的酒被别人喝光,追悔莫及。

Z 知识考点

1.填空题。

为了决定这壶酒的归属,门客们采用在地上画_____的方式进行比赛,谁先画好,这壶酒就归谁喝。有一位门客先画完蛇,他看见别人还没有画完,决定再给蛇添上_____。

2.判断题。

(1)《画蛇添足》讽刺自以为是,喜欢节外生枝,卖弄自己,结果往往弄巧成拙的人。（　　）

(2)那个给蛇画脚的人眼巴巴看着本属于自己的酒被别人喝光,追悔莫及。（　　）

3.问答题。

为什么先画完蛇的那个人反而没能拿到这壶酒?

_____

_____

Y 阅读与思考

1.最先画好蛇的人为什么要给蛇画上脚?

2.你觉得故事里"画蛇添足"的那个门客是个什么样的人?

患得患失

M 名师导读

后羿是世人皆知的神射手,然而向夏王展示射技的时候,后羿的表现却令夏王大失所望——百发百中的神射手连失两箭。到底是什么原因让后羿连连失手呢?

从前有个名叫后羿的神射手。他练就了一身百步穿杨的好本领,无论是立射、跪射,还是骑射都不在话下,而且他射出的每一箭都能正中靶心,几乎从来没有失手过。【名师点睛:写后羿精通各种射箭方式,且箭箭都正中靶心,显示出后羿高超的射箭技术,也为下文夏王召后羿进宫展示射技埋下伏笔。】人们争着称赞他高超的射技,对他非常敬佩。

夏王也从侍从那里听说了这位神射手的本领,他想把后羿召进宫来,专门为他一个人表演炉火纯青[比喻学问、技术等达到了纯熟完美的地步]的射技。

于是,夏王命人把后羿带到御花园里一个平坦开阔的地方,并叫人拿来了箭靶。他用手指着箭靶对后羿说:"今天请你来,是想请你展示一下高超的射技,这个箭靶就是你的目标。为了使这次表演更精彩,我定个赏罚规则:如果你射中了,我就赏赐黄金万两;如果射不中,那我就削减你一千户的封地。【名师点睛:说明夏王是个赏罚分明的人。】现在请开始吧。"

后羿听了夏王的话,面色变得凝重起来。他缓缓走到离箭靶一百步的地方,步伐相当沉重。【写作借鉴:此处运用了神态描写与动作描写,

> 中国古代寓言

通过写后羿"面色变得凝重""步伐相当沉重"等细节,突出了他此时忐忑的心理。】随后,后羿取出一支箭搭上弓弦,摆好姿势拉开弓开始瞄准。

想到自己这一箭出去可能产生的后果,一向冷静的后羿呼吸变得十分急促,拉弓的手也微微发抖,瞄了几次都没有把箭射出去。【写作借鉴:此处运用了细节描写,写后羿"呼吸变得十分急促""手也微微发抖""瞄了几次",都表现了他由于忧虑太多导致心中紧张不安,也暗示了射箭的结果。】后羿犹豫几次终于下定决心松开弦,箭应声而出,"啪"的一下落在离靶心几寸远的地方。后羿的脸色一下子白了。他努力平复心情,再次搭箭拉弓,射出的箭却比之前偏得更加离谱。

射箭结束后,后羿勉强赔笑向夏王告辞。夏王失望的同时也掩饰不住内心的疑惑,就询问侍从道:"后羿平时射起箭来百发百中,怎么今天跟他定了赏罚规则,他的水平就不如从前了呢?"【名师点睛:夏王的疑惑也是读者的疑惑,吸引读者继续往下阅读。】

侍从解释道:"后羿平时射箭带着一颗平常心,自然可以正常发挥。可是今天他射出的箭直接关系到他的利益,叫他怎么能静下心来正常发挥呢?看来只有真正把赏罚置之度外,才能成为当之无愧的神箭手啊!"【名师点睛:侍从的解释不仅回答了夏王心中的疑惑,同时也进一步升华了故事主题,向读者阐述了患得患失这种心态对人的重大影响,发人深思。】

知识考点

1. 填空题。

后羿练就了一身百步穿杨的好本领,立射、_____、_____样样精通,几乎从来没有失过手。而在为夏王展示射技时却失手了:第一箭落在了_____的地方,第二箭_____。

2. 判断题。

(1)我们应当从后羿身上吸取教训,面临任何情况时都尽量保持平

常心。 （   ）

（2）后羿在为夏王展示射技时,两次均以失败告终,说明后羿的射技不怎么样。 （   ）

3.问答题。

后羿没有成功射中靶心的真正原因是什么?

_____

_____

阅读与思考

1.后羿为夏王展示射技时是怎样的表情?

2.读完这个故事,你明白了什么道理?

▶ 中国古代寓言

纪昌学射

M 名师导读

俗话说："台上一分钟，台下十年功。"要想拥有一身好本领，刻苦训练是必不可少的。古代有一个叫纪昌的人，为了向神射手飞卫学习射箭的本领，吃了不少常人所无法忍受的苦头，最终才有所成。时至今日，纪昌不怕吃苦、刻苦训练的精神仍然值得我们学习。

古代有个叫甘蝇的神射手。他只要一拉弓射箭，将箭射向野兽，野兽就应声而倒；将箭射向飞鸟，飞鸟就会顷刻间坠落。【名师点睛：通过举例子，突出了甘蝇射箭本领的高超。】只要看到过甘蝇射箭的人，没有哪一个不称赞他箭无虚发，百发百中。甘蝇有个学生叫飞卫，他学射箭非常刻苦，几年勤学苦练以后，飞卫射箭的本领赶上了他的老师甘蝇。后来，又有一个叫纪昌的人，想要拜飞卫为师，跟着飞卫学射箭。

飞卫对纪昌说："你是真的下定决心要跟我学射箭吗？在我这里不下苦功夫是学不到真本领的。"纪昌说："只要能学会射箭，吃苦又算得了什么呢？我一定会好好跟老师学。"于是，飞卫严肃地对纪昌说："你要先学会不眨眼，做到了不眨眼后才有资格学射箭。"【名师点睛：长时间不眨眼对于大多数人来说根本无法做到，由此可见飞卫在射箭上对纪昌的要求之严。】

纪昌听了飞卫的话，决心先学会不眨眼。他回到家里，仰面躺在妻子的织布机下面，眼睛一眨不眨地盯着妻子织布时不停踩动着的踏板。日复一日，年复一年，他心里想的是飞卫对他的要求和自己向飞卫表示的决心。要想学到真功夫,就要坚持不懈地刻苦练习。纪昌这样坚持练了两年,到后来,即使锥子的尖端刺到眼眶边,他的双眼也没有眨一下。【名师点睛:通过写锥子刺到眼眶边也不眨眼这一细节,体现出了纪昌日常训练时的专注和刻苦。】纪昌觉得自己练得差不多了,于是收拾行李,告别妻子,到飞卫那里去。飞卫听完纪昌的汇报后却对纪昌说:"你还没有学到家。要练好射箭还必须练好眼力,要练到看小的东西像看到大的一样,看模糊的东西像看到清楚的东西一样。你还要继续练,练到了那样的程度,你再来找我。"

纪昌又一次返回家中,他挑选了一根最细的牛毛,在一端系上一个小虱(shī)子[一种寄生虫],将另一端悬挂在窗户上。他两眼注视着吊在窗口牛毛底下的小虱子。十天不到,那虱子在纪昌眼里似乎变大了,但他仍然坚持不懈地练习。就这样,三年过去了,纪昌眼中的小虱子大得像车轮一样。【写作借鉴:此处运用了比喻和夸张的修辞手法,将小虱子比作车轮,体现了纪昌艰苦训练后取得的惊人成果。】纪昌再看其他的东西,发现它们全都变大了。于是,纪昌马上找来强弓和利箭,左手拿起弓,右手搭上箭,将箭射过去,箭头恰好从虱子的中心穿过,却没有伤到牛毛。这时,纪昌才深深体会到飞卫所说的苦功夫。

纪昌把这一成绩告诉了飞卫。飞卫听了高兴得跳了起来,祝贺道:"恭喜你成功掌握了射箭的诀窍!"【名师点睛:得知纪昌训练有成,飞卫"高兴得跳了起来",表现出飞卫对纪昌的高度认可。】

Z 知识考点

1.填空题。

(1)纪昌为了学会射箭,仰面躺在妻子的_____下面,两眼一眨不眨地盯着踩动着的踏板。经过刻苦的训练,到后来,即使锥子的尖端刺到_____,他的双眼也没眨一下。

(2)纪昌坚持不懈地刻苦练习,眼中那个系在_____下端的小

▶ 中国古代寓言

虱子渐渐地变大,大得仿佛像_____一样。

2.判断题。

(1)纪昌跟随甘蝇射箭刻苦努力,最终学有所成,令飞卫十分满意。（　　）

(2)要学好本领,必须苦练基本功,必须持之以恒。只有坚持不懈地练习,才能掌握诀窍。（　　）

3.问答题。

纪昌为什么要仰面躺在妻子的织布机下面？

_____
_____

阅读与思考

1.飞卫的老师是谁？

2.我们可以从纪昌学射的故事中得到什么启发？

截竿进城

M 名师导读

当我们遇到问题的时候，能够得到他人善意的帮助自然是好的，然而有时会碰到一些不清楚情况便盲目帮忙的人，这种人可能反而会帮倒忙。另外，在日常生活中，我们需要提高独立解决问题的能力，遇到问题时，不妨多转换一下视角，也许问题就迎刃而解了！

古时候，有一个鲁国人想扛着长竹竿进城叫卖。可他走到城门口时却犯愁了，因为他想不出来用什么办法可以将竹竿运进城。【名师点睛：开门见山，交代了故事的起因，激发读者的阅读兴趣。】把竹竿竖起来吧，竹竿比城门高出不少；把竹竿横着拿吧，竹竿又比城门宽出不少。他横着、竖着来回比画了半天，急得满头大汗，就是进不了城门。

这时，有个老者经过。他看见那人拿着竹竿愁眉苦脸地站在城门旁，便自作聪明地对他说："我虽然不是什么聪明人，但年纪摆在这里，经历的事情肯定比你多。既然因竹竿长而城门小进不了城，那你为什么不把竹竿从中间锯成两段呢？那样不就可以轻而易举地进城了吗？"【写作借鉴：此处运用了语言描写，将老者自作聪明，不清楚情况便乱出主意的形象描写得淋漓尽致，为下文竹竿卖不出去埋下伏笔。】

鲁国人听了茅塞顿开，高兴地说："太好了，太好了！"

于是他找人借了把锯子，将竹竿锯成两段，然后顺利进了城门。

可是，这个鲁国人在城里转悠了一天，没有一个人肯买他的竹竿。因为他没想到，锯成两段的竹竿虽然可以进城，但是由于半截竹竿用

▶ 中国古代寓言

途不大，没有人需要，所以他根本卖不出去。【名师点睛：为进城将竹竿锯短使得其价值大减，从侧面反映出鲁国人锯竹竿这一行为的愚蠢，同时也说明老者确实帮了倒忙。】

Z 知识考点

1. 填空题。

(1)好为人师的老者经过城门,看见扛着竹竿的鲁国人_____的样子,非常自信地走过去对他进行了指点。

(2)鲁国人为了顺利进城,将竹竿锯成了_____段。

2. 判断题。

(1)鲁国人卖不出去竹竿是因为竹竿太长了,用途不大。（   ）

(2)这则寓言既讽刺了鲁国人的愚蠢可笑,更嘲笑了那个自以为见多识广、喜欢乱出主意、好为人师的老者。（   ）

3. 问答题。

为什么鲁国人的竹竿最终无人问津？

_____

_____

Y 阅读与思考

1. 假如你是故事里的鲁国人,你会如何带着长竹竿进城？

2. 这个故事告诉了我们什么道理？

惊弓之鸟

M 名师 导读

更羸（gēng léi）是古代有名的弓箭手，他的箭术出神入化，甚至达到只需要弩弓而不用箭就可以将鸟射下来的境界。明明箭没有射到鸟儿，鸟儿却应声掉落，更羸是怎么做到的呢？让我们一起进入故事探寻原因吧！

战国时魏国有一个有名的射箭能手叫更羸。有一天，更羸跟随魏王到郊外去打猎。当他们谈兴正浓的时候，空中飞来一只大雁。

更羸对魏王说："大王，我可以不用箭，只要把弓拉一下，就能把这只大雁射下来。"【写作借鉴：此处设置了悬念。更羸不可思议的想法激发了魏王的好奇心，同时也激发了读者的阅读兴趣。】

魏王不信，认为更羸在开玩笑。等这只大雁飞过他们头顶上空时，更羸左手托着弓，右手虚拉弓弦，只听得"当"的一声响，那只大雁便应声从半空中栽了下来。【名师点睛：虚弦落雁，印证了上文更羸看似荒唐的话，为更羸的人物形象增添了一份神秘色彩。】

魏王看到后大吃一惊，连声说："真有这样的事情！"便问更羸不用箭是凭什么将空中飞着的鸟射下来的。

更羸笑着对魏王讲："没什么，只是因为我知道这是一只受过伤的大雁。"

"你怎么知道这只大雁是受过伤的呢？"魏王更加奇怪了。

更羸笑着说："从这只大雁飞的姿势和叫的声音中知道的。这只大

> 中国古代寓言

雁飞得慢是它身上的箭伤在作痛,叫的声音很悲惨是因为它离开同伴已很久了。当听到弓弦声响后,这只大雁以为有箭射来,于是就拼命往高处飞。它心里本来就害怕,加上拼命一使劲,本来未愈的伤口又裂开了,疼痛难忍,翅膀再也飞不动了,它就从空中坠落下来。"【写作借鉴:此处运用语言描写,塑造了一个冷静、善于观察和分析的射手形象。】

Z 知识考点

1.填空题。

更羸左手_____,右手_____,只听得"当"的一声响,那只大雁便应声从半空中栽了下来。

2.判断题。

(1)更羸箭术出神入化,经常可以不用箭就射中天上的大雁。(　　)

(2)这个故事讽刺了某些人在某一件事情上吃过亏,于是就总害怕再次发生类似的事情。(　　)

3.问答题。

更羸明明没有射出箭,为什么大雁最后应声落地?

_____

_____

Y 阅读与思考

1.从受惊的大雁身上,我们可以得到什么启示?

2.你觉得更羸是个怎样的人?

井底之蛙

📖 名师导读

　　一只终年生活在水井里的青蛙，它的活动范围是有限的，所以它无法想象世界的辽阔与万物的形形色色。在我们的生活中，也不乏这样的"井底之蛙"。学无止境，无论处世或求学，我们都应该虚心求教，不断充实自己，切勿做那只见识短浅、孤陋寡闻的"井底之蛙"。

　　从前，有一口废井，井中有一洼浅水，一只青蛙栖息在里面。

　　这只青蛙从出生起便住在这里，从来没有跳出过井，没有见过井外的世界，它所看到的，只是井口上方的一块天空。但是，它十分快乐，无忧无虑，既不缺食物，也没有天敌伤害它。

　　有一天，一只大海龟爬到岸上，大概是太熟悉海中的生活了，它觉得单调沉闷，缺乏生气，也没有新鲜感。大海龟东游西逛，好奇地观赏着岸上的景物，它看到四处是茂密的林木，茵茵的绿草上开出几朵鲜花，蝴蝶、蜜蜂在花间、草丛中嬉戏，小鸟在绿树上唱着悠扬的歌。【写作借鉴：环境描写，突出了岸上生活环境的优美。这样的环境让大海龟充满了新鲜感，也对大海龟充满了吸引力。】赏心悦目的景色让大海龟流连忘返，简直不想再回到那幽暗的大海中了。

　　大海龟慢慢地爬过草丛，来到废井边上，向井底的青蛙打招呼。

　　青蛙看到大海龟也很高兴，叫道："朋友，很高兴见到你，请先参观一下我的住宅。你瞧，这里面多宽敞，还有一泓清水。我每天跳上跳下，累了就坐下来休息，没有谁来打扰我。"

▶ 中国古代寓言

  大海龟点点头,示意青蛙继续说下去。青蛙更加卖力地说:"这些都不算什么,最舒服的是在水中游泳,随便怎么游都可以。还可以在井壁上攀缘,非常刺激。"【写作借鉴:此处运用语言描写,表现出井里的青蛙偏安一隅、得意于井中之乐的心理,表明它缺乏见识,盲目自大。】

  大海龟听了青蛙的话,问道:"你见过大海吗?它无边无际,有无数的鱼在水中畅游。大海是湛蓝湛蓝的,一眼望不到边;大海是永恒的,不随时间而变化。住在广阔的大海里可以自由自在地遨游,那才是真正的快乐呢!"

  这只青蛙一直没有离开过井底,它始终只能看见井口上方那块和井口一样大小的天空。因此,它听了大海龟的话,感到很新鲜,又觉得惊恐不安。青蛙说什么也不相信大海龟的话,它说:"天下怎么可能有这种地方?一定是你编出来骗我的。"

  大海龟看了看井底的青蛙,摇摇头,无可奈何地走了。

Z 知识考点

1.填空题。

  大海龟东游西逛,好奇地观赏着岸上的景物,它看到四处是_____,茵茵的绿草上开出几朵鲜花,蝴蝶、蜜蜂在_____、_____嬉戏,小鸟在绿树上唱着悠扬的歌。

2.判断题。

  大海是湛蓝湛蓝的,一眼望不到边;大海是永恒的,不随时间而变化。( )

3.问答题。

  住在井底的青蛙听到了大海龟的话,有什么反应?

九方皋相马

> **名师导读**
>
> 世上有了伯乐，千里马才得以被发现。而九方皋(gāo)的相马技能让伯乐做出了极高的评价，可见他的相马能力非常高超。然而在挑选千里马的时候，九方皋所相的马却与千里马的基本特征相差甚远，这是怎么回事呢？

伯乐是春秋时期秦国著名的相马高手，他的相马技能天下闻名。

在伯乐暮年的时候，有一回，秦国国君秦穆公召见他，问道："您的年纪已经很大了，在您看来，您的后辈中有谁能够继承您的相马能力呢？"

伯乐回答说："对于品相一般的良马，它的特征很明显，可以从外表和筋骨上观察出来。但是那天下难得的千里马，看起来与普通的好马差不多，论其特征，也很难捉摸。【名师点睛：此处展示了伯乐对于相马的一些经验和看法，体现出了伯乐相马经验丰富以及千里马之难寻。】不过，千里马奔跑起来又轻又快，刹那间一闪而过，不一会儿就跑得无影无踪，快得让人看不到尘土，找不着蹄印。我的儿子们都没有相马的本领，我可以告诉他们好马的特征，但是千里马的特征只能意会，无法用语言描述，他们根本无法掌握。不过，以前有个和我一块儿挑菜、担柴的人，他叫九方皋。他的相马技术不比我逊色，请大王召见他吧。"【名师点睛：伯乐不但善于相马，而且善于察人，他向秦穆公引荐九方皋，也从侧面衬托出九方皋高超的相马能力。】

中国古代寓言

于是秦穆公就听伯乐的建议,召见了九方皋,命令他到全国各地去寻找千里马。九方皋寻找了三个月后,回来报告说:"我四处奔波为大王您寻找到了一匹千里马。那匹千里马现在正在沙丘。"

秦穆公问:"那匹马是什么样子的?"

九方皋回答:"那是一匹黄色的母马。"

秦穆公于是派人去取,却取回来一匹黑色的公马。这时候秦穆公有些生气,就把伯乐叫过来,对他说:"这事你怎么解释?你推荐的人连马的毛色与公母都分不出来,又怎么能找到千里马呢?"【写作借鉴:此处采用了对比的手法,将前文伯乐对九方皋的极高评价与九方皋分辨不出马的毛色与公母相比,使故事情节大起大落,疑窦丛生,激发读者的阅读兴趣。】

伯乐却长叹道:"想不到他相马的技术竟然高超到这种地步,我真佩服他!他相马的水平已经比我高出千万倍了!【名师点睛:面对秦穆公的发难,伯乐反而更加赞赏九方皋,这一情节进一步加深了读者心中的疑惑,同时将故事情节引向高潮。】九方皋看到的,是马的精神和机能,他看马时,眼里只看到了马的特征而不是马的外表,注重它的本质,忽视它的表象;他只看应该看到的东西,忽视了不需要看的东西;他审察时,只注意应该审察的东西,丢弃了不必审察的东西。九方皋相马的价值,远远超过千里马的价值,这正是他比我厉害的地方啊!"

于是,秦穆公亲自试骑了这匹马,发现它果然是一匹千里马。

Z 知识考点

1.填空题。

(1)千里马奔跑起来又轻又快,刹那间一闪而过,不一会儿就跑得_____。

(2)九方皋在看马时,眼里只看到了马的特征而不是马的外表,注重它的_____,忽视它的_____。

2.判断题。

（1）看问题时要有所舍弃才有所专注,同时要将获得的信息资料去伪存真,去粗取精,这样才能把握住事物的本质。（　　）

（2）九方皋连马的毛色与公母都分辨不出来,说明九方皋只是徒有虚名。（　　）

3.问答题。

九方皋是如何判别千里马的?

_____

_____

阅读与思考

1.九方皋真的会相马吗?

2.读完本文,你认为伯乐是一个怎样的人?

> 中国古代寓言

狙公失猴

> **M 名师导读**
>
> 　　鲁迅先生曾写下这样一句名言:"横眉冷对千夫指,俯首甘为孺子牛。"如果一个人总是高高在上,对他人发号施令、压迫奴役,那么他终究不会有好下场,本文中的狙(jū)公便是这样的人。我们应如何处理个人与他人的关系呢?通过这个故事,我们或许可以得到一些启示。

　　从前,楚国有个老者靠饲养猴子谋生,楚人都叫他狙公[养猴子的老翁。狙,猴子]。每天早上,狙公起床以后都在院子里给他饲养的猴子们分配任务。他让老猴子带着猴子们出去,到山里采摘果子。晚上,等猴子们回来了,狙公就逼着猴子们交出它们采的果子总数的十分之一。光凭借这些猴子采来的果实,狙公就可以养活自己,吃喝不愁,而且还略有盈余。有一次,几个猴子觉得狙公坐享其成,不肯交出果实,狙公就对它们棍棒相加,一顿毒打。【名师点睛:狙公为了自身利益不断压迫众猴,甚至采用暴力手段迫使猴群屈服,体现出狙公的残暴和贪婪。】猴子们虽然觉得每天采摘果实十分辛苦,可又惧怕狙公的毒打,不敢反抗狙公。

　　有一天,一只不懂事的小猴子突然问:"山里的果树都是狙公栽种的吗?"大伙回答说:"不是呀,这些果树无人栽种,都是天生的。"【写作借鉴:此处运用了语言描写。小猴子的话看似天真,却间接促使整个猴群开始思考这段不平等的关系,推动了猴群的觉醒。】小猴子又问:"既然这样,那我们为什么要靠给狙公做苦力为生呢?"小猴子话还没说完,猴子们都已经豁然开朗。

当天晚上,猴子们趁狙公睡得正酣,悄悄地打破围栏,弄坏笼子。然后,它们拿上狙公积累的果实,逃进了树林深处,从此再也没有回去。狙公一觉醒来,才发现猴子们都跑光了,他没有谋生的本领,只能待在家中活活饿死。【名师点睛:狙公靠猴群采来的果实度日,却向猴群施虐,最终落得如此悲惨的下场,这给人留下了些许启示,引人深思。】

Z 知识考点

1.填空题。

狙公逼着猴子们交出它们所采果实的_____,靠着这些猴子采来的果实,他就可养活自己,而且还_____。猴子们趁狙公睡熟之后,悄悄地打破_____,弄坏_____,逃出了狙公家。

2.判断题。

(1)山里的果树都是狙公亲手种下的。　　　　　(　　)

(2)做人要自食其力,如果自己不付出努力,企图依赖别人,或者靠剥削别人生活,最终只能落得像狙公那样的下场。　　　　　(　　)

3.问答题。

猴子们一开始为什么不敢违抗狙公的命令?

_____

_____

Y 阅读与思考

1.狙公的下场向我们揭示了什么道理?

2.为什么后来猴子们都跑了?

69

中国古代寓言

苛政猛于虎

名师导读

"兴,百姓苦;亡,百姓苦。"这句话向我们生动地讲述了封建社会制度对普通百姓的沉重压迫。如果统治者昏庸无能,百姓就更加苦不堪言。本文中一家三代命丧虎口也不肯搬离泰山脚下的住处,这是为什么呢?

春秋时期,朝廷政令残酷,苛捐杂税繁多,老百姓生活贫困,民不聊生,有些人没有办法,只好举家逃离到深山老林、荒野、沼泽这些远离苛政的地方去住。【名师点睛:开篇交代故事背景——朝廷的残酷压迫,致使百姓举家逃离,从侧面反映出朝廷的昏庸腐败。】

有一家人逃到泰山脚下,一家三代起早贪黑,四处劳碌奔波,总算能勉强维持生计。

泰山周围经常有野兽出没,这家人总是提心吊胆。【写作借鉴:"经常有野兽出没"这一情节,为下文这家人遭遇不测埋下伏笔。】一天,这家的爷爷上山砍柴遇上老虎,再也没有回来了。这家人悲痛欲绝,却无可奈何。过了一年,这家的父亲上山采药,也命丧虎口。只剩下儿子和母亲两个人相依为命。

又过了一年,儿子进山打猎,一不小心被老虎吃掉了。母亲一天到晚坐在儿子坟墓边伤心地痛哭,眼泪都哭干了。

这一天,孔子和他的弟子们经过泰山脚下,看见了这位在坟墓边痛哭的母亲,孔子让子路上前打听这位老妇人为何哭得如此伤心。

子路走过去对这位母亲说:"听您哭得这样悲伤,请问您有什么难处？需要我们帮忙吗？"

这位母亲一边哭一边回答说："我们是从别的地方逃到这里来的，住在这里好多年了。先前，我的公公被老虎吃了；去年，我丈夫也死在老虎口里；如今，我儿子又被老虎吃了，我活着还有什么意义？"说完又号啕大哭起来。

孔子在一旁听完忍不住问道："那你们一家为什么不离开这个危险的地方呢？"

这位母亲止住哭声说："我们无路可走啊。这里虽有老虎，可是没有残暴的政令呀，不用被官府剥削。这里有很多户人家都和我们一样是为了躲避苛政才逃过来的。"【名师点睛：这位母亲的话反映出在封建统治者的残酷剥削与压迫下，百姓们的无奈与悲伤。】

孔子听后，感慨万千。他告诫弟子们说："你们可要记住，残暴的政令比吃人的老虎还要凶猛呀！"

Z 知识考点

1.填空题。

百姓们背井离乡，是为了躲避朝廷的_____。有一家人逃到泰山脚下，_____因上山砍柴遇上老虎再也没有回来，_____因上山采药命丧虎口，_____因进山打猎,也被老虎吃掉了。

2.判断题。

封建统治者的残酷剥削与压迫，使穷苦人走投无路，他们宁可生活在有猛虎威胁的环境中，也不愿生活在暴政的统治下。（　　）

3.问答题。

孔子听完了这一家人的悲惨遭遇后，发出了怎样的感慨？

_____

_____

▶ 中国古代寓言

刻舟求剑

M 名师导读

> 任何事物都在不断变化，向前发展，如果用过去的标准评判现在，得出的结论未免会有些偏差。我们应当以一种发展变化的眼光看待生活中的各类事物。而在古代，有一个楚国人却不懂得这样的道理，因此闹出了一个大笑话。到底是怎么回事呢？让我们一起来看看吧！

有个楚国人出门远游。他在坐船渡江的时候，一不小心把随身携带的宝剑落到湍急的水流里去了。船上的人立刻大叫："剑掉进水里了！"【名师点睛：开篇即交代了故事的起因，宝剑入水顿时使场面变得紧张起来。】

这个楚国人立马用一把小刀在船舷上做了个记号，然后回头不慌不忙地对大家说："这是我的剑掉下去的地方。"

众人疑惑地看着那个刀刻的印记。有人催促他说："快跳下去找剑呀！"

楚国人镇定地说："慌什么，我刚刚刻了记号呢。"

船继续向前行，又有人催他说："你再不下去找剑，这船越走越远，剑就真的找不回来了。"

楚国人依旧自信地说："不用着急，不用着急，记号刻在船上呢。"

【名师点睛：面对旁人的催促，楚国人却两次以自己做了记号回应，他的举动很让人费解，同时暗示了宝剑的命运。】

直到船靠岸停下后，这个楚国人才不紧不慢地顺着他刻记号的地方下水去找剑。可是，他怎么可能找得到剑呢？船上刻的记号代表的是剑落水的一瞬间在江水中所处的位置。掉进江水里的剑是不会随着船一起行进的，可是船和船舷上的记号却在一刻不停地行进。等到船行至岸边，船舷上的记号与水中剑的位置早已对不上了。这个楚国人还想着凭借记号去找他的剑，不是太蠢笨了吗？

楚国人在水中折腾了很久，结果一无所获，只能空手而归，还惹来了众人的讥笑。【名师点睛：此处与前文楚国人的镇定形成了鲜明对比，揭示了事物是在不断发展变化的，做事要懂得灵活变通这一道理。】

Z 知识考点

1.填空题。

随身携带的宝剑不慎落水后，楚国人毫不惊慌，只是淡定地用小刀在_____做了记号。等船靠岸后，楚国人顺着他刻记号的地方下水寻找宝剑，结果_____，还惹来了众人的_____。

2.判断题。

(1)楚国人在船只靠岸后，沿着记号找到了自己丢失的剑。(　　)

(2)事物是在不断发展变化的，我们做事要懂得灵活变通。(　　)

3.问答题。

为什么楚国人没能找到他落水的宝剑？

_____

_____

Y 阅读与思考

1.楚国人的宝剑掉到水里后，他是怎么做的？

2.这个故事向我们说明了什么道理？

73

> 中国古代寓言

鲲鹏与蓬雀

M 名师导读

蓬雀是一种小鸟，鲲鹏是庞然大物，可蓬雀竟然敢对鲲鹏评头论足。实际上，在日常生活中也有这样一群人，他们好为人师，总是站在自己的角度对他人的行为评头论足，对于这种人，我们应当如何应对呢？

传说很久很久以前，在很远很远的北方，地面以草木为头发，而有个地方气候异常寒冷，寸草不生，所以人们把那个地方称为穷发。

在那个地方，有一片汪洋大海，那是大自然造就的一片辽阔水域。在这片水域中，生活着一条硕大无比的鱼，名字叫作鲲。鲲的身体有几千里宽，而且谁也说不清楚它的身体到底有多长。有一天，这条大鱼化作一只鸟，也同样大得令人震惊。这只鸟的脊背有泰山那么高大，双翅一展，可以把半个天空都遮住，它的名字叫作鹏。【写作借鉴：此处运用了夸张的修辞手法，"身体有几千里宽""脊背有泰山那么高大"等描述，极言鲲鹏之大。】

大鹏打算从北海飞到南海，它扇动两个巨大无比的翅膀，盘旋着直冲天空，形成了一股狂风，一直飞到九万里的高空，那是一个连云层都无法到达的地方。大鹏的脊背几乎是紧紧贴着青天了，然后它做好准备，打算朝南海的方向飞去。

有一群蓬雀生活在一片灌木丛中，整天在灌木丛、矮树间跳来跳去，叽叽喳喳，倒也乐在其中。【名师点睛：通过对蓬雀的日常生活进行描绘，表现了蓬雀志向小、眼界窄的特点，与满怀壮志的大鹏形成了鲜明的对比。】当它们听说大鹏飞上九万里高空的事情后,充满了惊讶与困惑,它们大声叫嚷道:"简直是发疯了!它干吗要飞那么高呢?它到底想干什么?"其中一只蓬雀以一种批评家的口吻说:"我跳着向上一飞,不超过几丈高就可以落下来,我每天在灌木丛和矮树中飞来飞去,自在悠闲,在我看来,这就是世界上最棒的飞行了。那只奇怪的大鹏干吗要飞那么高呢?飞那么高又有什么意义呢?"【写作借鉴:此处运用了语言描写。蓬雀不反省自身,反而对大鹏展开批评,表现出蓬雀目光短浅、胸无大志。】

知识考点

1.填空题。

传说北方有个地方气候异常严寒,寸草不生,人们把那个地方叫作_____。在那里的一片水域中,生活着一条硕大无比的鱼,叫作_____。它还可以化作一只大鸟,叫作_____。

2.判断题。

(1)蓬雀说的话也有一定的道理,大鹏试图从北海到南海一游是浪费时间,没有意义的。　　　　　　　　　　　　　　(　　)

(2)每个人都有自己的志向,不能因为他人志向与自己有别而讥讽对方。　　　　　　　　　　　　　　　　　　　　(　　)

3.问答题。

大鹏为什么要飞到九万里的高空之上?

_____

_____

阅读与思考

我们应该如何看待生活中满怀"鲲鹏之志"的人?

▶ 中国古代寓言

滥竽充数

M 名师导读

有一位伟人曾经说过:"实践是检验真理的唯一标准。"一个人所具备的真才实学应当是经得起考验的。文中的南郭先生不学无术,没有吹竽的技能却混进乐队中得到了丰厚的赏赐,但到了要独奏时,他该怎么办呢?

战国时期,齐宣王非常喜欢听人吹竽,而且他喜欢声势浩大、气吞山河的合奏,因为他认为非此不足以显示出国君的气魄。【名师点睛:说明齐宣王是个爱慕虚荣的国君。】

为了听到美妙的音乐,齐宣王便派人四处搜罗擅长吹竽的乐工,打算组建一支三百人的乐队专门为他吹竽。因为受到国君的垂青,乐队成员的待遇格外优厚,吹竽自然就成了人人羡慕的美差。

有个南郭先生听说了齐宣王的这个癖好,跑到齐宣王那里吹嘘说:"大王啊,我是个有名的乐师,听过我吹竽的人没有不被感动的,就是鸟兽听了也会翩翩起舞,花草听了也会合着节拍颤动,我愿把我的绝技献给大王。"【名师点睛:南郭先生将自己的吹竽技术夸得神乎其神,实则是迎合了齐宣王的癖好,从中可以看出南郭先生十分狡猾。】齐宣王听得高兴,不加考察,很痛快地收下了他,把他也编进那支三百人的吹竽队伍中。

从这以后,南郭先生就随那三百人一块儿合奏,和大家一样拿优厚的薪水和丰厚的赏赐,心里得意极了。

其实南郭先生压根儿就不会吹竽。每逢演奏的时候，南郭先生就捧着竽混在队伍中，人家摇晃身体他也摇晃身体，人家摆头他也摆头，脸上装出一副动情忘我的样子，看上去和别人一样吹奏得挺投入，还真瞧不出什么破绽来。南郭先生就这样靠着蒙骗混过了一天又一天。

后来，齐宣王去世，他的儿子齐湣(mǐn)王登上了王位。齐湣王也非常喜欢听人吹竽，不过，与父亲不同的是，齐湣王喜欢听独奏。所以，他下令每天由一名乐工单独给他吹竽。【名师点睛：齐湣王喜欢听独奏，这对南郭先生来说可不是什么好消息。他会想出什么对策呢？】听到这个消息，南郭先生怕露出马脚，连夜逃走了。

Z 知识考点

1.填空题。

南郭先生吹嘘自己吹竽的技术极其高超，鸟兽听了会_____，花草听了会_____。他在齐宣王的乐队里拿着优厚的薪水和丰厚的赏赐。当齐湣王让乐师轮流独奏时，南郭先生_____，连夜逃走了。

2.判断题。

像南郭先生这样不学无术，靠蒙骗混饭吃的人，骗得了一时，骗不了一世。　　　　　　　　　　　　　　　　（　　）

3.问答题。

齐宣王时期，南郭先生是怎么在吹竽乐队蒙混过关的？

_____
_____

Y 阅读与思考

为什么南郭先生最后灰溜溜地逃跑了？

▶ 中国古代寓言

邻人献玉

M 名师导读

　　我们在交友时,要学会择友,不与卑鄙、势利者为伍,多与心态好、心善者交朋友。本文中的农夫便因交友不慎吃到了苦头,使得原本属于自己的福分被损友窃取,他们之间到底发生了什么事呢?

　　魏国有个农夫,在犁田时突然听到一声巨响。他刨开土层一看,原来是犁铧(huá)碰撞上了一块直径一尺、光泽碧透的异石。【名师点睛:故事开篇交代了玉石的来历。"直径一尺""光泽碧透",体现出异石的巨大和珍贵。】农夫不知道这块异石是玉,就跑到附近田地请邻居帮助查看。邻居一眼就认出这是块罕见的玉石,于是起了歹心。他骗农夫说:"这是个不祥之物,留着它迟早会生祸患。你还是把它扔掉吧。"农夫心想:"这么漂亮的一块石头,扔掉了多可惜。"农夫犹豫了很久,最后还是决定把它带回家。

　　当天夜里,玉石散发出耀眼的光芒,把整个屋子照得像白昼一样。【写作借鉴:此处运用了夸张的修辞手法,借玉石散发出耀眼的光芒这一现象,体现出玉石的珍贵。】农夫全家人都被这种神奇的景象惊呆了。第二天,农夫赶紧跑去找那个邻居。邻居趁机吓唬他说:"这就是封印在石头里的妖魔在作怪。你马上把这块怪石扔掉,否则会遭受灾难!"听完这话,农夫赶忙把玉石丢到了荒郊野外。邻居却瞅准时机,偷偷跑到野外把这块玉石搬回了自己家。【名师点睛:邻居吓唬农夫,叫其扔掉玉石,暗地里却趁机将玉石搬回家中,表现了邻居的奸诈、狡猾。】

隔天邻人就把玉石进献给了魏王。魏王把玉工召来鉴定这块玉石的价值。那玉工一见这块玉石，大吃一惊。他急忙朝魏王跪下，连连叩头，然后对魏王说:"恭喜大王，您得到了一块稀世珍宝。我当了这么多年的玉工，还是第一次见到这样大、这样好的玉石。"【名师点睛：通过玉工的话，说明这块玉石的确是稀世珍宝，从侧面表现出邻人卑鄙的丑恶嘴脸。】

　　魏王高兴地问:"这块玉石价值多少钱？"

　　玉工回答说:"这是一件无价之宝，难以用金钱衡量。世上没有一块玉石能与它媲美。"

　　魏王听了这话以后大喜过望，当即赏给献玉者一千斤黄金，同时还赏赐他一辈子享用大夫俸禄的待遇。

Z 知识考点

1.填空题。

农夫犁田时，耕得一块罕见的玉石，邻居却说玉石是_____，但农夫还是将玉石拿回了家。夜里，玉石突然光芒四射，邻居又说这是_____。

2.判断题。

农夫意外挖出了一块罕见的玉石，献给魏王后得到了魏王的丰厚赏赐。　　　　　　　　　　　　　　　　　　（　　）

3.问答题。

从故事中，我们可以看出农夫的邻居是一个怎样的人？

_____

_____

Y 阅读与思考

我们应当如何应对像文中邻居一样的人？

▶ 中国古代寓言

鲁国少人才

📖 名师导读

评价一个人是否优秀并不能只看其外表,更重要的是看他的内在。有些人把自己打扮得光鲜亮丽,可一到真正关头,便会原形毕露。文中的鲁国臣民皆穿儒服,仪态不俗,都像很有学问的样子,而庄子却认为他们未必拥有真才实学,这是为什么呢?

鲁哀公对前来拜见他的庄子感叹道:"咱们鲁国儒士很多,像先生这样从事道术的人才却很少。"

庄子听了鲁哀公的感慨,却不以为然地反驳说:"不仅是从事道术的人才少,就是儒士也很稀缺。"【名师点睛:庄子对鲁哀公的感慨进行反驳,体现出庄子不惧权威。同时,这一情节也引发冲突,推动了故事的发展。】

鲁哀公反问庄子:"你看全鲁国的百姓几乎都穿着儒士的衣服,怎么能说鲁国儒士少呢?"

庄子不留情面地指出他在鲁国看到和听到的:

"我听说在儒士中,头戴圆形礼帽代表通晓天文,穿方形鞋代表精通地理,佩戴用五彩丝带系的玉玦(jué)代表遇事果断。"庄子见鲁哀公听得很投入,接着发表自己的见解:"其实真正的儒士平时不一定穿儒服,穿儒服的人未必就拥有真才实学。"

他向鲁哀公提出建议:"如果您不确定我判断是否正确,可以昭告天下说,凡是没有真才实学的人穿儒服一律斩首!"

鲁哀公采纳了庄子的建议,在全国张贴告示。结果不超过五天,鲁国上上下下再也看不见身穿儒服的"儒士"了。只有一个男子，穿着儒服站在王宫门口。鲁哀公听说后即刻命人召见他。鲁哀公见这个男子仪态不凡，就用国家大事考验他。尽管鲁哀公提出的问题五花八门，但是这个男子始终对答如流。他果然拥有经纶之才。【名师点睛：此处通过写鲁哀公对这名有真才实学的儒士的考核，向我们展示了身为儒士的真正标准。】

庄子了解到鲁哀公下旨后只有一位儒士被宣召进宫，敢于应对鲁哀公的考验。于是他发自内心地感叹说："鲁国这么大，全国上下却只有一名儒士，怎么能说人才云集呢？"【写作借鉴：结尾以反问句收束全文，意在表明鲁国国君只是被表面的现象所蒙蔽，表现出庄子对此状况的讽刺与嘲弄，发人深省。】

Z 知识考点

1.填空题。

庄子听说，在儒士中，头戴圆形礼帽代表_____，穿方形鞋代表_____，佩戴用五彩丝带系的玉玦代表_____。

2.判断题。

鲁哀公在下达没有真才实学的人穿儒服一律问斩的命令后，仅有一位儒士被国君召进宫，对国家大事对答如流。（　　）

3.问答题。

庄子是如何向鲁哀公揭露鲁国少儒士这一真相的呢？

_____

_____

Y 阅读与思考

这个故事极具讽喻意味，试分析讽喻的是哪一种社会现象。

> 中国古代寓言

鲁侯养鸟

M 名师导读

　　生活中,每种事物都有其特有的自然规律,我们不能将自身意志强加于其他的人或事上,否则可能事与愿违。鲁侯与海鸟的故事,就深刻地说明了这个道理。

　　我国古代的国君,在自己的国家里都有着至高无上的地位。他们每天接受万民朝拜,欣赏着最美妙的音乐,享用着最丰盛的食物。有些国君每天养尊处优,却目光短浅,头脑简单。

　　有一天,一只巨大的海鸟降落在鲁国都城附近。它身高八尺,模样长得很像传说中的凤凰。因此,人们都把它当成神鸟。

　　鲁侯听了大臣关于这只大海鸟的汇报,决定用隆重的礼节来接待它。【名师点睛:只是一只海鸟而已,鲁侯却要以隆重的礼节接待它,体现出鲁侯的愚蠢和可笑。】鲁侯在宗庙里恭恭敬敬地设宴款待海鸟。他还命宫廷乐师演奏起了最高级的乐曲——《九韶》曲。这是舜帝时期在最隆重的场合才演奏的乐曲,一共有九个章节。他又派侍从给海鸟摆满最上等、最神圣的供品,即用很大的盘子装的烤熟的全牛、全羊和全猪。鲁侯侍立在海鸟旁边,诚心诚意地请它享用。

　　海鸟看到这莫名其妙的场景,吓得不知所措。它离开了辽阔的大海,失去了宝贵的自由,看着面前纷乱的人世,只觉得头晕目眩,惊恐不安。【写作借鉴:此处运用神态描写,生动形象地展示出海鸟的惊恐不安。鲁侯不遵循鸟的生活习性,而用自己的主观喜好来养鸟,注定会事与愿违。】海鸟始终小心翼翼，不敢吃鲁侯献给它的美味佳肴。过了三天，它就在极度的惊吓和饥饿中死去了。

鲁侯十分丧气，还不知道自己到底哪里做错了。【名师点睛：照应开篇的评论，进一步突出了鲁侯的愚昧无知。】

Z 知识考点

1. 填空题。

海鸟身高_____，样子很像传说中的_____。鲁侯用盛大的礼节招待海鸟，海鸟却吓得不知所措，几天后，它在极度的_____和_____中死去了。

2. 判断题。

（1）鲁侯不看场合，不分对象，只凭自己的想法去办事，结果事与愿违，做出了适得其反的蠢事来。（　　）

（2）海鸟接受了鲁侯的招待，成了鲁国的神鸟。（　　）

3. 问答题。

被鲁国人誉为神鸟的海鸟为什么会在极度惊吓和饥饿中死去？

_____
_____

Y 阅读与思考

1. 为什么鲁国人把海鸟当成神鸟？
2. 海鸟的死给了我们怎样的启示？

中国古代寓言

鲁婴泣卫

M 名师 导读

　　世间万物是互相联系的，在日常生活中，我们不能总是安于现状，要学会未雨绸缪，在问题来临之前就尽量做好应对策略。在这一点上，我们要向文中的鲁婴小姑娘学习，她的这份忧患意识值得我们每个人借鉴和反思。

　　春秋时代，鲁国有个女孩叫鲁婴，她从小聪明伶俐，多愁善感，拥有一颗同情心。夏天，一个月明星稀的夜晚，一群女孩沐浴着月光，一起唱歌、跳舞、讲故事。大伙儿玩得正开心的时候，鲁婴却躲在一旁偷偷哭泣。【写作借鉴：采用了对比的手法，将大伙儿开心玩耍与鲁婴独自哭泣进行对比，设置悬念，激发读者阅读兴趣。】

　　她的一位好朋友发现了以后，忙走过去悄悄地问鲁婴："你怎么哭了？是遇到什么难处了吗？"

　　鲁婴睁开蒙眬的泪眼，看了看好朋友，悲伤地说："白天我听见别人说，卫国王子的品行很差，热衷于战争，没有爱心，当时我心里就觉得很难过。刚才大家围坐在一起讲故事时，我想起这件事，不由自主就哭了。"

　　这时，早已围过来的一群女孩们都争着安慰她："卫国王子的品行怎么样，跟我们鲁国有什么关系？再说战争，那是诸侯间争夺权力的事，你只是一个平民家的女儿，管得了吗？犯不着为这些和你无关的事情瞎操心！"【名师点睛：女孩们的发言看似有理有据，实则体现出了她

们忧患意识的淡薄。】

鲁婴听了女孩们的安慰,觉得她们说得不对。鲁婴说:"我的想法跟你们不一样。我到现在还记得,几年前,宋国有个大司马打了败仗,逃亡时经过鲁国,他的马就将我家的菜园子踩坏了,使我家平白无故地损失了很多蔬菜。去年,越王勾践为了报仇攻打吴国,鲁国国君为了讨好越王,就在民间搜刮美女,结果将我的姐姐挑走了。后来,我的哥哥去越国看望姐姐,又在途中被吴越混战的将士误杀……"

说到这儿,鲁婴早已泣不成声,围在一旁的女孩们也感同身受地低下了头。【名师点睛:鲁婴通过讲述自己家的不幸遭遇,对女孩们晓之以理、动之以情,打动了在场的女孩们,同时也帮助女孩们树立起了忧患意识。】过了很久,鲁婴才止住眼泪,伤心地说:"这两件事说明:打起仗来是不分国界的,老百姓是第一个遭殃的。现在,卫国的王子又热衷打仗,而我却只剩下一个弟弟了,说不定哪一天灾难会突然降临到我们姐弟头上,我又怎么能不担惊受怕呢?"

知识考点

1.填空题。

一群女孩聚集在一起唱歌、跳舞、讲故事,当大伙儿正玩得十分开心的时候,鲁婴却躲到一旁_____。鲁婴认为,打起仗来是没有国界的,遭殃的首先是_____。

2.判断题。

打仗是诸侯之间争夺权力的事,平民不必为这些不着边际的事情操心。 ( )

3.问答题。

鲁婴为什么悲伤地哭泣?

_____

_____

▶ 中国古代寓言

买椟还珠

M 名师导读

在日常生活中,我们不能只注重表面的华丽而对内在不加考量,不能为了追求小便宜而舍弃根本利益。在古代,有一个郑国人就不明白这样的道理,最后闹了笑话。这到底是怎么回事呢?

从前有个楚国人,他想把自己珍藏的珍珠卖到郑国。为了卖个好价钱,他打算将珍珠好好包装一下,在他看来,只要拥有精美的包装,珍珠的"身价"就能水涨船高。【名师点睛:开门见山,交代了故事背景,点明了楚国人花心思制作装珍珠的盒子的动机。】

这个楚国人花费一番工夫找来名贵的木兰,又花大价钱请来手艺高超的匠人,为珍珠做了一个盒子(即椟)。他用名贵的香料把盒子熏得香气扑鼻,然后在盒子的外面精雕细琢了许多好看的花纹,还镶上漂亮的花边,一眼看上去,那盒子闪闪发光,简直就是一件精美的艺术品。【写作借鉴:"名贵的木兰""手艺高超的匠人""名贵的香料"等,体现出楚国人对珍珠盒的精心打造,过于精心的设计也为下文故事情节发展埋下伏笔。】楚国人将珍珠小心翼翼地放进盒子里,带到了郑国。

楚国人刚到郑国的集市,就有很多人围上来欣赏奢华的盒子。【写作借鉴:此处运用了侧面描写,借人们对盒子的围观欣赏,体现出盒子的独特新颖和精美程度。】一个郑国人将盒子捧在手里欣赏了半天,爱不释手,最终花高价将楚国人的盒子买了下来。郑国人付完钱后,就捧着盒子往家的方向走。可是没走几步他又原路折返。楚国人以为郑国人想退货,却见郑国人将盒子里的珍珠取出来还给他,并说:"先生,您将一颗珍珠放在盒子里,忘记拿出来了,我特意回来还给您。"于是郑国人将珍珠交给了楚国人,然后一边低着头欣赏木盒,一边走远了。

【名师点睛:郑国人本末倒置,买下珍珠之后竟只要装珍珠的盒子,说明了郑国人的愚蠢。】

楚国人拿着被退回的珍珠,哭笑不得。他原本以为有人欣赏他的珍珠,可没想到买珍珠的人竟然认为精美的盒子比里面的珍珠更有价值。

知识考点

1.填空题。

(1)楚国人认为,有了_____,珍珠的"身价"就会水涨船高。

(2)楚国人原本以为别人会欣赏他的珍珠,可是没想到买珍珠的人竟认为精美的盒子远比里面的珍珠_____。

2.判断题。

郑国人买走了盒子却退还了珍珠,说明他只重外表而不顾实质,舍本求末。   (   )

3.问答题。

为了能把珍珠卖到郑国,楚国人进行了哪些投入?
_____
_____

阅读与思考

从本篇故事中,我们可以明白什么道理?

▶ 中国古代寓言

宓子贱掣肘

> **M 名师导读**
>
> 古人云:"良药苦口利于病,忠言逆耳利于行。"生活中,我们要学会正确聆听他人意见,切勿沉溺于小人的谗言中。本文中的宓(fú)子贱和鲁国国君便给我们做了一个正确的示范。通过学习本篇故事,相信大家都会有一些感悟。

　　孔子有个学生叫宓子贱,他是鲁国人。他曾经有一段在鲁国做官的经历。后来,鲁君派他去治理一个名叫亶(dǎn)父的地方。宓子贱担心到地方上做官,容易遭到自己政治上的宿敌和官场小人的污蔑。假如鲁君听信了小人谗言,自己的政治抱负岂不是无法实现?因此,他在临行时想好了一个计谋。宓子贱向鲁君讨要了两名副官,以便日后施用计谋。【名师点睛:宓子贱未雨绸缪,提前想好对策,足见其深谋远虑。】

　　宓子贱风尘仆仆地来到亶父,该地的大小官吏都前往拜见。宓子贱叫两个副官拿记事簿把参拜官员的名字登记下来。当两个副官一丝不苟地提笔书写拜访者姓名的时候,宓子贱却在一旁不断地拉扯他们的胳膊肘儿,使两人写的字一塌糊涂。【写作借鉴:宓子贱故意干扰副官的记录工作,如此反常的行为是为什么呢?此处设置悬念,引起读者阅读兴趣。】

　　等前来贺拜的人到齐,宓子贱突然举起副官写得乱糟糟的名册,当着众人的面把他们狠狠地责骂了一顿。宓子贱故意滋事的做法使众人感到莫名其妙。两个副官受了委屈,心里非常恼怒。事后,他们向宓子贱递交了辞呈。宓子贱不仅没有挽留他们，还火上浇油："你们写不好字就算了，这次你们回去，一路上可要当心，如果你们走路也像写字一样不成体统，小心出大乱子！"

两名副官回去以后，向鲁君抱怨了宓子贱在亶父的所作所为。他们以为鲁君听了这些话会勃然大怒，从而狠狠责罚宓子贱，以解他们心头之恨。谁料鲁君竟然叹息道："这件事既不是你们的错，也不能怪罪宓子贱。他是故意做给我看的。【名师点睛：得知宓子贱的反常举动，鲁君的反应也令人出乎意料。此处再次设置悬念，增添了故事情节的曲折性。】以前他在朝廷当官的时候，经常发表很多利于国家发展的政见。可是我左右的近臣往往用各种方式阻挠宓子贱实现他的政治抱负。你们在写字时，宓子贱有意掣肘的做法实际上是一种隐喻。他在提醒我今后执政时要警惕那些专权乱政的佞臣，不要因轻信他们而扰乱国本。若不是你们及时回禀，恐怕今后我还会犯更多类似的错误。"【名师点睛：鲁君对宓子贱的行为进行了具体分析，有理有据，令人信服。这一方面反映出鲁君的开明与豁达，另一方面也折射出宓子贱的良苦用心。】

鲁君说完，立即派亲信去亶父。这个亲信见了宓子贱以后，说道："鲁君让我转告你，从今以后，亶父全权交给你管理。只要是有利于亶父发展的事，你可以自主决断。你每隔五年向鲁君通报一次就行。"

宓子贱很感激鲁君的开明。在没有强权干扰的情况下，他终于在亶父实现了多年梦寐以求的政治抱负。【名师点睛：得到了鲁君的许诺后，宓子贱励精图治，实现了自己的抱负，由此可见其卓越的政治才能。】

知识考点

1.填空题。

鲁国人宓子贱是＿＿＿＿＿＿的学生，曾在鲁国朝廷做过官。鲁君任命宓子贱到＿＿＿＿＿＿做官，两名随行的副官回去以后向鲁君汇报了宓子贱在＿＿＿＿＿＿的所作所为后，鲁君不但没有向宓子贱发难，

▶ 中国古代寓言

还让他_____。

2.判断题。

（1）得到鲁君的许诺后,宓子贱在亶父实现了自己的政治抱负。（   ）

（2）当两名副官提笔书写来者姓名的时候,宓子贱在一旁不断干扰,使两人写的字一塌糊涂,体现出宓子贱的无理取闹。（   ）

3.问答题。

宓子贱干扰副官写字是想向鲁君说明什么？

_____

_____

阅读与思考

1.你觉得鲁君是个怎样的人？

2.你觉得宓子贱是个怎样的人？

南辕北辙

> **M 名师导读**
>
> 　　如果我们想要做好一件事，必须重点关注做事的方向，因为只有朝着正确的方向努力，才有可能把一件事做好。如果方向错了，则无法取得成功。本文中的魏国人便犯了这样的错误，最终闹出了天大的笑话，其中到底发生了什么呢？

　　有个魏国人想去楚国。他准备了很多盘缠，雇了上好的车，租了快马，聘请了技术精湛的车夫，就上路了。楚国在魏国的南边，可这个人不看方向就让车夫赶着马车一路向北。【写作借鉴：楚国在魏国的南边，他却向北走，这是为什么呢？此处设下悬念，推动故事情节的发展，引起读者的阅读兴趣。】

　　路上有人问魏国人要去哪里，他大声回答说："去楚国！"路人告诉他说："到楚国应该向南走，你走反了，这是向北的路。"魏国人却满不在乎地说："没关系，我租的好马跑得快着呢！"路人替他着急，就拉住他的马，阻止他说："方向走错了，你的马再快，也到不了楚国呀！"魏国人依然执迷不悟地说："不要紧，我带了足够多的盘缠！"路人极力劝阻他说："就算你路费多，可是你走反了方向，路费再多也只能白花呀！"这个魏国人一心只想赶路，他不耐烦地推开路人说："这有什么难的，我的车夫驾车本领高着呢！"【名师点睛：路人三番劝说，而魏国人以马跑得快、盘缠多、车夫驾车技术好为由拒绝接受路人的善意提醒，由此可见魏国人的执拗和愚蠢。】路人只好松开拉着马的手，无可奈何地看

93

> 中国古代寓言

着这个魏国人一路向北。

那个魏国人，不听路人的劝告，仗着自己马跑得快、盘缠多、车夫驾车技术好，一意孤行。就算他条件再好，他也到不了楚国，因为前进的大方向错了。【写作借鉴：此处通过对全文内容的总结，暗示了魏国人最后的结局，引出本文的中心思想，令人深思。】

Z 知识考点

1.填空题。

楚国在魏国的_____,可魏国人让驾车人赶着马车向_____而去。路人劝告魏国人说他走错了方向,他却以_____、盘缠多、_____为由拒绝接受路人的提醒。

2.判断题。

（1）无论做什么事,首先都要看准方向,才能充分发挥自己的有利条件。（   ）

（2）魏国人的马跑得快、盘缠多、车夫驾车技术好,即使朝着相反的方向前进,也是可以到达楚国的。（   ）

3.问答题。

魏国人是怎么回应路人的劝告的？

_____

_____

Y 阅读与思考

1.这个故事告诉了我们什么道理？

2.魏国人最后可以到达楚国吗？

泥偶与木偶

M 名师导读

古人常说："谦虚使人进步，骄傲使人落后。"在日常生活中，我们要学会谦虚稳重，要培养良好的学习心态。本篇故事独具创意地赋予了木偶和泥偶鲜活的生命，并让两者展开了一场对话，通过两者的对话，我们可以获得哪些启示呢？

在古代山东省境内的淄(zī)水河畔，有两个人偶，一个是泥塑的，一个是木雕的。在一个干旱少雨的季节，泥偶和木偶朝夕相处，互相陪伴。这样的日子一长，木偶逐渐瞧不上泥偶，因此总想找机会嘲笑它。

一天，木偶嘲笑泥偶说："你原本只是淄水西岸的一抔泥土，人们用泥土糅合起来捏成了你。别看你现在有模有样，神气十足，等八月一到，大雨哗哗而下，到时候淄河里的水一下子猛涨起来，你很快就会被水泡成一摊稀泥。"【写作借鉴：此处为语言描写，从木偶满怀恶意的语言中体现出木偶的幸灾乐祸和自以为是。】

但是泥偶并不在意木偶的讥讽，它以十分严肃的口吻对木偶说："谢谢你的关心。不过，事情并不如你所说的那样可怕。你也说了我是用淄水西岸的泥土捏成的泥人，即使我被水冲得面目全非，变成了一摊稀泥，也仅仅是变回我本来的模样罢了。而你倒是要仔细地为自己考虑一下，你本来是东方的一块桃木，后来被雕成了人的形状。如你所说，一旦到了八月，大雨将会倾盆而下。那时，淄水猛涨，滚滚的河水将把你冲走，而你只能随波逐流，根本无法掌握自己的命运。老

中国古代寓言

兄,与其操心我,你还不如多为自己操操心!"【写作借鉴:泥偶处变不惊,化被动为主动,对木偶的嘲笑一一回击,体现出泥偶的谦虚稳重和聪明机智。】

Z 知识考点

1.填空题。

泥偶是用_____捏成的;木偶本来是东方的一块_____,后来被雕成了人的形状。它俩曾有一段朝夕相处的经历,但木偶渐渐看不起泥偶,因此总想找机会_____它。

2.判断题。

(1)在嘲笑别人的时候,我们不妨多想想自己的不足之处,只有保持谦虚谨慎的态度,才能使自己进步得快一些。（　　）

(2)面对木偶的讥讽和嘲笑,泥偶态度平和,它通过分析暴雨后双方的处境,对木偶进行了有力的回击。（　　）

3.问答题。
面对木偶的嘲笑,泥偶是怎样表现的?
_____
_____

Y 阅读与思考

1.读完本文,你得到了什么样的启示?

2.为什么泥偶不怕被水冲成稀泥?

庖丁解牛

名师导读

世间万物都有其固有的规律，只要你在实践中做有心人，不断摸索，久而久之，熟能生巧，做起事来就会得心应手，游刃有余。庖丁是古代有名的厨师，他解牛的技术要超于常人，在文惠君府上解牛时，他行云流水般的解牛动作让文惠君看呆了。

有一天，庖丁被请到文惠君的府上帮忙宰杀一头牛。【名师点睛：开门见山，交代了故事的起因，自然引出下文庖丁解牛的场面。】只见他用手按住牛，用肩倚着牛，用脚踩着牛，用膝盖抵住牛，动作极其熟练。屠刀刺入牛身时那种皮肉与筋骨剥离的声音，与庖丁运刀时的动作互相配合，显得和谐一致，如行云流水一般自然。他宰牛时的动作就像配着商汤时代的乐曲《桑林》翩翩起舞一般，而解牛时所发出的声响也与尧乐《经首》十分合拍。【名师点睛：将宰牛的动作说成起舞，将解牛时的声响说成尧乐，突出了庖丁在解牛时动作轻快娴熟，犹如行云流水。】

站在一旁的文惠君不知不觉看呆了，他禁不住大声称赞道："真了不起！你宰牛的技术怎么会这么高超呢？"

庖丁听见文惠君的疑问，赶紧放下手中的刀，对文惠君说："我做事喜欢遵循事物的本质规律，因为这比普通的技术技巧要更高一筹。我在刚开始学习宰牛时，因为不了解牛的身体构造，眼睛看到的只是外表庞大的牛。随着我宰牛的经验越来越丰富，我对牛的身体构造也越来越了解。三年以后，我再看牛时，出现在眼前的就不再是一头整

▶ 中国古代寓言

牛,而是许多可以拆卸下来的零部件了!【写作借鉴:此处运用语言描写,说明庖丁对牛的身体构造了解得十分透彻,也从侧面反映出庖丁勤于学习,善于思考。】现在我宰牛就只需要用内心去感知牛,而不必用眼睛去观察它。我知道牛的什么地方可以下刀,什么地方不能下刀。我可以娴熟地按照牛的身体构造,将刀直接刺入它筋骨相连之处,而不会使屠刀受到丝毫损伤。既然我连骨肉相连的部位都不会去硬碰,更何况大的盘结骨呢?一个技术高明的厨师用刀割肉,一般需要一年换一把刀;一个技术一般的厨师用刀去砍骨头,所以他们一个月就要换一把刀。而我这把刀已经用了将近十九年了,宰杀过的牛不下千头,可是刀口还和以前一样锋利。这是为什么呢?【写作借鉴:此处设置悬念。为什么技术高明的厨师用刀一年一换,技术一般的厨师用刀一月一换,而庖丁的宰牛刀用了十九年还锋利如新呢?】因为牛的骨节处有缝隙,而刀口又很薄,我用极薄的刀锋插入牛骨节的缝隙,自然不会让刀口受损。所以,我这把用了十九年的刀还像刚磨过的新刀一样锋利。尽管如此,每当我遇到筋骨交错的地方,也常常感到棘手,这时我就要特别警惕,瞪大眼睛,放慢动作,轻轻用力,找到关键部位,一刀下去就能将牛剖开。【名师点睛:此处既解开了庖丁的刀十九年锋利如新的原因,也突出了庖丁解牛技艺之精湛。】宰完牛以后,我放松心情,内心充满了成就感。然后我就将刀擦拭干净,小心翼翼地放回刀鞘,以备下次再用。"

　　文惠君听完了庖丁的一席话,不住点头,若有所悟地说:"好啊,我听了您这番宰牛的金玉良言,还从中学到了不少修养身心的道理呢!"

Z 知识考点

1.填空题。

(1)一个技术高明的厨师割肉用的刀一般需要_____一换,一个技术一般的厨师砍骨头用的刀一般需要_____一换,而庖丁的宰牛刀_____未曾换。

98

(2)解牛时,庖丁遇到筋骨交错的地方,他特别警惕,_____眼睛,_____动作,_____用力,找到关键部位,一刀下去就能将牛剖开。

2.判断题。

(1)"我这把刀已经用了将近十九年了,宰杀过的牛不下千头,可是刀口还和以前一样锋利。"这句话体现出庖丁的骄傲自满。（　　）

(2)文惠君听了庖丁的一席话,学到了不少修养身心的道理。(　　)

3.问答题。

为什么庖丁的宰牛技术如此高超?

_____

_____

阅读与思考

1.为什么庖丁解牛时站在一旁的文惠君看呆了?

2.文惠君从庖丁的话中悟出了什么道理?

▶ 中国古代寓言

皮毛相依

M 名师导读

做任何事情都不能本末倒置，如果事物得以存在的基础受到了动摇，那么事物也将无法存在，可谓得不偿失。为了国家与人民的利益，魏文侯是怎样将这个道理讲给大臣们听的？

有一年，魏国有个叫东阳的地方向国家上缴的钱粮布帛比往年多出十倍，为此，满朝廷的大臣都非常高兴，他们一齐向魏文侯表示祝贺。【名师点睛：开篇交代故事背景。东阳所交钱粮布帛数量多，的确值得祝贺。】

但是魏文侯并没有那么开心。他在思考：东阳这个地方土地没有增加，人口也没有增加，怎么一下子比往年多交十倍的钱粮布帛呢？即便是遇上大丰收，向国家上缴也是有比例的呀。他觉得这肯定是各级官员向下面老百姓加重税收得来的。【写作借鉴：设置悬念。魏文侯的疑问也是读者的疑问，体现出魏文侯的心思缜密。】这件事使他想起了一年前他遇到的另一件事。

一年前，魏文侯外出巡游。一天，他在路上遇见一个将羊皮衣反穿的人，皮衣的毛朝内皮朝外，那人还在背上背了一篓喂牲口的草。

魏文侯觉得十分奇怪，就上前询问那个人："你为什么要反着穿皮衣，把皮板露在外面背东西呢？"

那人回答说："我太爱惜这件皮衣了，我怕把毛露在外面弄坏了，特别是背着东西的时候，羊毛很容易被磨坏。"

魏文侯听完很认真地对那人说:"你知道吗?其实皮板更重要,如果皮板磨坏了,羊毛就没有依附的地方了,自然而然也会掉落,你想舍皮保毛却只能弄巧成拙!"

那人却不听劝,执迷不悟地背着草走了。

如今,官吏们大肆征收老百姓的钱粮布帛却不顾及老百姓的死活,他们跟那个反穿皮衣的人有什么不同呢?【写作借鉴:运用反问与类比的修辞手法,将官吏征收百姓钱粮的行为比作反穿皮衣的行为,看似提出疑问,实则暗讽官吏们只顾自己、不顾百姓的自私嘴脸。】

于是,魏文侯将朝廷大臣们重新召集起来,跟他们讲了那个反穿皮衣的人的故事,并语重心长地对他们说:"皮之不存,毛将焉附[皮都没有了,毛又长到哪里去呢]?如果老百姓不能安居乐业,国君的地位也很难巩固。希望你们记住这个道理,不要被一点表面的小利蒙蔽了双眼,看不到本质。"【名师点睛:魏文侯借用故事,动之以情、晓之以理,对大臣进行开导,可见其贤明和睿智。】

知识考点

1.填空题。

魏文侯将朝廷大臣们召集起来,给他们讲了那个反穿皮衣的人的故事,并得出这样一句话:_____。

2.判断题。

魏国有个叫东阳的地方向国家上缴的钱粮布帛比往年多出十倍,魏文侯表示非常满意。　　　　　　　　　　(　　)

3.问答题。

那个背草的人为什么要反穿羊皮衣,把皮板露在外面背东西?

_____

_____

101

> 中国古代寓言

齐王嫁女

M 名师导读

> 有时候，天上掉下来的不一定是馅饼，而是陷阱！在日常生活中，我们一定要学会抵制诱惑，坚持脚踏实地办事，多动脑筋多思考。在古代的齐国，有一个生意人就遇到了从天而降的"好事"，但是他出人意料地拒绝了，这是为什么呢？

古时候，有一个名叫吐的人，靠宰牛卖肉为生，由于他头脑灵活，经营有方，因此生意做得还算红火。

一天，齐王派人找到吐，那人对吐说："齐王准备了非常丰厚的嫁妆，想要把女儿嫁给你，这可是天大的好事呀！"

吐听了，并没有受宠若惊，而是连连拒绝说："哎呀，这可千万不行啊。我得了重病，不能娶妻。"【名师点睛：面对从天而降的"好事"，吐却连连推辞。为什么吐不接受齐王的好意呢？】

那人很不理解，但还是如实回禀了齐王。

后来，吐的朋友知道了这件事，觉得吐实在是太傻了！于是跑去劝吐说："你这个人真傻，你只是一个卖肉的，整天在腥臭的宰牛铺里生活，为什么要拒绝迎娶齐王的女儿呢？真不知道你怎么想的。"

吐笑着对朋友说："齐王的女儿长得太丑了。"

吐的朋友觉得很奇怪："你又没见过齐王的女儿，怎么知道她长得丑呢？"

吐回答说："我虽没见过齐王的女儿，可是我长年卖肉的经验告诉

我，齐王的女儿是个丑女。"【名师点睛：吐仅凭卖肉经验便下定结论，那他是如何推断的呢？激发读者阅读兴趣。】

朋友很不服气地问："你从哪儿看出来的？"

吐胸有成竹地回答说："就拿我卖牛肉来说吧。我的牛肉质量好的时候，只要给足数量，顾客拿着肉就走，我用不着再加一点，顾客也会觉得满意，我呢，只担心肉少了不够卖。我的牛肉质量差的时候，我虽然给顾客再加一点这、找一点那，他们依然不肯要，牛肉怎么也卖不出去。【名师点睛：吐通过卖肉的经验，推知齐王嫁女也存有同样的心理，可见吐的明智与谨慎。】现在齐王把娇生惯养的女儿嫁给我一个宰牛卖肉的，还加上那么多丰厚的嫁妆，我想，他的女儿一定丑得嫁不出去。"

吐的朋友觉得吐说得很有道理，就不再劝他了。

过了几天，吐的朋友有幸见到了齐王的女儿，果然长得很难看。这位朋友不由得发自内心暗暗地佩服吐的先见之明。

知识考点

1.填空题。

故事开篇用_____、_____两词对吐生意红火的原因进行了简要分析。

2.判断题。

吐听朋友说齐王的女儿长得很难看，于是拒绝了齐王的提亲。（　　）

3.问答题。

吐为什么拒绝了齐王的提亲？

_____

_____

> 中国古代寓言

染丝的联想

M 名师导读

　　关于人和社会的关系,早在千年之前我们的祖先便进行过思考:我们每个人都生活在社会之中,不可避免地受到社会的影响,但我们不能做社会环境的被动接受者,我们应当正确地看待社会中的善与恶,做到崇善向上。那么我们的祖先是怎样联想到这里的呢?

　　墨子偶然经过一家染坊,他看见工匠们将原本雪白的丝织品分别放进不同颜色的染缸里,浸泡一段时间后取出晾晒,雪白的丝织品就变成不同颜色的织物了。【写作借鉴:此处对丝织品染色过程进行了描述,为下文墨子抒发感慨做了铺垫。】

　　墨子仔细地观察了染丝的全过程后,若有所思,不禁长长叹了一口气,自言自语地说:"丝织品在一开始都是雪白的,现在放到装有青色颜料的染缸里浸泡就变成青色,放到装有黄色颜料的染缸里浸泡就变成黄色。所用颜料不同,染出来的颜色也随之不同。如果我们将白丝先后放到装有五种不同颜色的染缸里各染一遍,它就会随之改变五次颜色。如此看来,染丝的时候,人们必须小心谨慎一些。"

　　接着,墨子又从染丝的原理延伸开来,进一步产生联想,从而深深地感受到,其实在人世间,不仅是丝织品与染缸里的颜料有关,即使是一个人、一个国家,不也存在着一个会染上不同颜色的问题吗?

【写作借鉴:此处运用了反问的修辞手法。墨子由染丝联想到人生、国家,看似提问,实则早已有了回答,这样的叙述可以进一步体现出墨子善于思

考，善于联想和总结事物之间的相似性。】

这个故事提醒人们，一个不谙世事、单纯如白纸的青少年，当他身处花花绿绿的社会大染缸之中时，一定要牢记"近朱者赤，近墨者黑"的真理，择善而从，从而让自己更加健康快乐地成长。【名师点睛：总结道理，结束全文。】

知识考点

1.填空题。

(1)雪白的丝织品,如果放到装有青色颜料的染缸里浸泡就变成了_____,放到装有黄色颜料的染缸里浸泡就变成了_____。

(2)一个不谙世事、单纯如白纸的青少年,当他身处花花绿绿的社会大染缸之中时,一定要牢记"_____,_____"的真理。

2.判断题。

(1)染丝的时候,人们可以随心所欲,不必太过谨慎。（ ）

(2)墨子从染丝的原理出发,展开联想,将染丝与国家、社会、个人进行有机联系,提醒人们择善而从。（ ）

3.问答题。

墨子自言自语的话,向我们揭示了什么道理?

_____

_____

阅读与思考

1.为什么墨子说在染丝的时候要谨慎从事?

2.学习完本篇故事,我们应当对这个"花花绿绿"的社会大染缸保持怎样的心态?

▶ 中国古代寓言

塞翁失马

🅜 名师导读

　　老子说:"祸兮福之所倚,福兮祸之所伏。"意思是祸常常与福相伴,福中往往潜伏着祸。这说明得到了不一定是好事,失去了也不一定是坏事。在日常生活中,我们要调整好自己的心态,正确地看待个人得失。本文中的塞翁,就是一个深谙"得失无常,祸福相倚"之道的人。

　　从前,与胡人相邻的边塞地区住了一位老者,来来往往的过路人都尊称他一声"塞翁"。塞翁生性豁达乐观,看待事情的角度与众不同。

　　有一天,塞翁家的马不知道为什么,在放牧时竟然迷了路,走失了。邻居们得知这一消息以后,纷纷替塞翁感到惋惜。可是塞翁却不在乎,反而劝慰大伙说:"丢了马,当然是件坏事,但谁知道它会不会带来好运呢?"【写作借鉴:采用了对比的手法,同样面对失马这件事,塞翁与邻居们的反应形成了鲜明的对比,体现出塞翁的独特见解和鲜明性格。】

　　果然,没过多久,那匹走丢的老马又从塞外跑了回来,还带回了一匹胡人骑的骏马。于是,邻居们又一起向塞翁道喜,并夸赞他有远见。然而,塞翁却忧心忡忡地说:"唉,谁知道多了一匹马会不会给我带来灾难呢?"【写作借鉴:明明是喜事,塞翁却一反常态开始担忧起来,为后文故事发生反转做了铺垫。】

　　塞翁家多了一匹骏马,他的儿子喜出望外,于是就天天骑着这匹骏马兜风,乐此不疲。终于有一天,儿子因太过得意忘形,竟然从飞驰的马背上掉了下来,摔断了一条腿,造成终身残疾。善良的邻居们闻讯

106

后,赶紧来慰问他们,而塞翁却还是重复那句老话:"谁知道它会不会带来好运呢?"【名师点睛:面对事情的大起大落,塞翁依然保持乐观,坦然面对现实,真是一位冷静自如、不为暂时得失所动的智者。】

又过了一年,胡人大举入侵中原,边塞战事吃紧,身强力壮的青年都被征去当了兵,结果大部分人都在战场上送了命。而塞翁的儿子因为腿残疾了,不用去当兵,所以他们父子得以避免了被迫生离死别的悲剧。【名师点睛:塞翁的儿子因祸得福,免于上战场,这样的结果印证了上文塞翁的预测,进一步丰富了塞翁作为智者的人物形象。】

Z 知识考点

1.填空题。

(1)塞翁生性_____,看待事情的角度_____。

(2)边塞战事吃紧,身强力壮的青年都被征去当了兵,而塞翁的儿子因为_____,不用去当兵。

2.判断题。

(1)塞翁的儿子摔断了一条腿,造成终身残疾。突如其来的噩耗使得塞翁变得不再那么乐观。（   ）

(2)世上的好事与坏事都不是绝对的,在一定的条件下,坏事可以变成好事,好事里也可能潜伏着坏事。（   ）

3.问答题。

迷途的老马返家时,带回了一匹骏马,为什么塞翁不喜反忧呢?

_____

_____

Y 阅读与思考

从塞翁对待得失的心态,我们可以得到什么启示?

▶ 中国古代寓言

三人成虎

M 名师导读

生活中,我们看待事物不能以多数人说的为标准,而是要进行多方面考察后,再做出正确的判断。在古代,魏国君王就因为不加考察而轻信他人言论,冷落了对他忠心耿耿的大夫庞恭。

魏国大夫庞恭和魏国太子一起作为人质,将于某日启程赴赵都邯郸,【名师点睛:开篇即交代故事背景,引出相关人物和事件。】即将出发时,庞恭问魏王:"如果有一个人告诉您,我看见熙熙攘攘的闹市中有一只老虎,【名师点睛:将地点定在熙熙攘攘的闹市,而闹市怎么会出现老虎呢? 揭示了谣言的本质是凭空捏造、哗众取宠。】您相信吗?"魏王回答说:"我当然不相信。"庞恭又问:"如果是两个人告诉您呢?"魏王说:"那我也不相信。"庞恭紧接着又问道:"如果有三个人都说他们亲眼看见了闹市中的老虎,那您相信吗?"魏王说道:"既然这么多人都说亲眼看见了老虎,那我不得不信。"【名师点睛:只凭三个人说看见了老虎,魏王就不顾常识相信闹市上有老虎,可见谣言的确有混淆视听的威力,也表现出魏王的糊涂。】庞恭听了这话以后,感慨道:"果然不出我所料,问题就出在这儿! 实际上,人虎相怕,各占几分。具体来说,究竟是人怕虎还是虎怕人,要根据力量对比来讨论。我们都知道,一只老虎是绝不敢闯进闹市中的。如今大王不顾及事实情况、不深入调查,只凭三人说有虎就肯定闹市中有虎,那么等我去了比闹市还要远的邯郸,您要是听见三个或更多的人说我的坏话,岂不是要断言我是坏人吗?【写作借鉴：庞恭运用类比的手法，从"闹市有虎"类推到魏王对自己的信任程度，层层递进，于不动声色之中劝诫魏王。】临别之前，我向您说出这点疑虑，是希望您一定不要轻信别人的话。"

庞恭走后，一些平时不喜欢他的人开始在魏王面前说他的坏话。时间一长，魏王果然听信了这些小人的谗言。等庞恭从邯郸回到魏国后，魏王再也没有召见他。【名师点睛：庞恭走后，魏王听信谗言并疏远他，这是庞恭早已料到的。这一事实不仅说明了魏王的昏聩，更说明了谗言的可怕性。】

Z 知识考点

1.填空题。

（1）当_____人都说闹市中有老虎时，魏王选择了相信。

（2）魏王听信小人的谗言，当庞恭从邯郸回到魏国后，魏王_____。

2.判断题。

（1）庞恭和魏国太子要作为人质到赵都邯郸去。　　　（　　）

（2）我们对待任何事情都不需要过多思考，只要跟随大流就行。(　　)

3.问答题。

庞恭举三人成虎的例子，用意是什么？

_____

_____

Y 阅读与思考

从本篇故事中，你能得到怎样的启示？

> 中国古代寓言

上行下效

M 名师导读

一个人只有真心愿意接受批评,才会经常听到别人对自己的批评;如果总是听到别人恭维自己,那恐怕原因就在自己身上。本文中,齐景公自从宰相晏子去世后,再也听不到别人当面指出他的过失,他非常苦闷。后来在弦章的提醒下,他豁然开朗。弦章是如何提醒齐景公的呢?

晏子已经去世十七年了。【写作借鉴:开篇交代故事背景,为下文齐景公重新接受批评做铺垫。】

有一天,齐景公设宴款待各位大臣。酒席上,君臣同乐,其乐融融,直到下午才散席。酒后,君臣余兴未尽,大家提出一起射箭比武助助兴。轮到齐景公,他多次搭箭拉弓,可是一支箭也没射中,然而大臣们却大声夸道:"真是好箭法啊!"

齐景公听了很不高兴,他沉下脸来,把手中的弓箭重重摔在地上,并长叹一声。【写作借鉴:此处运用动作描写和神态描写,通过齐景公这一系列的行为表达了他对大臣们的不满意,说明齐景公并不昏庸,有着自知之明,善于发现问题。】

正巧,弦章从外面进来,他看到齐景公发火,连忙走到齐景公身边。齐景公伤感地对弦章说:"弦章啊,要是晏子还在就好了,我真想他。晏子已经去世十七年了,从他去世后,就再也没有人愿意当面指出我的过失了。【写作借鉴:呼应开头,表达了齐景公对晏子的想念和想让大臣指出自己过失的急切心情,为下文齐景公发现自己有错在先并决心改正做铺垫。】

刚才我射箭,明明一箭都没有射中,可他们却依旧一个劲地喝彩,真让我难过呀!"

弦章听了,深有感触。他回答齐景公说:"这就是大臣们的不贤啊。他们既不能凭借智慧发现您的过失,也没有勇气敢当着您的面提建议。不过话又说回来,我还听说过这么一句话,就是'上行下效'。它的意思就是,国君喜欢穿什么衣服,臣子就学着穿什么衣服;国君喜欢吃什么东西,臣子就学着吃什么东西。有一种小虫叫尺蠖(huò),吃了黄色的东西,它的身体就变成黄色;吃了蓝色的东西,它的身体就变成蓝色。【写作借鉴:引用尺蠖的例子类比推理出国君与大臣的关系,使得道理通俗易懂,易于让人接受。】刚才您说,十七年来没有人再像晏子那样指出过您的过失,这是不是因为晏子去世后,您就不再乐意听别人的批评,而只喜欢听别人的奉承话呢?"

一席话说得齐景公茅塞顿开,他不好意思地点点头说:"你说得有道理,今天这一番话,让我豁然开朗。"【名师点睛:通过齐景公的话,塑造了一位虚心求教,勇于承认错误并改正的明君形象。】

知识考点

1.填空题。

(1)本篇故事发生在晏子辞世_____年后。

(2)有一种叫_____的小虫子,吃了黄色的东西,它的身体就变成黄色;吃了蓝色的东西,它的身体就变成蓝色。

2.判断题。

弦章觉得,如果一个人总是听到别人恭维自己,那么说明这个人只喜欢听别人的奉承话。 (   )

3.问答题。

大臣们恭维齐景公的真正原因是什么?

_____

_____

▶ 中国古代寓言

守株待兔

M 名师导读

　　一个人如果不付出努力，而寄希望于意外收获，注定一事无成，两手空空。古时候，宋国有一位农夫，因为一次意外收获，他就不再辛苦劳作，最终荒了田地，害了自己。

　　宋国有一个农夫，每天都在田地里辛勤劳动。他早上天刚亮就起床，扛着锄头赶往庄稼地；直到傍晚太阳即将落山，这个农夫才扛着锄头回家。他起早贪黑实在是辛苦得很。【名师点睛：通过描写农夫一天的生活状态，体现出农夫对待劳作态度的认真和想要获得丰收的期望。】

　　有一天，这个农夫和往常一样在地里干活，突然一只野兔从草丛中窜出来。野兔被农夫吓到了。它四处乱跑，一不小心撞上了农夫地头的一截树桩，折断脖子死了。【写作借鉴：兔子撞树桩而死，为下文农夫守株待兔做铺垫。】农夫放下手中的活计，走过去捡起死兔子。他为自己平白捡到一只兔子感到非常高兴。

　　晚上回到家，农夫把死兔交给妻子。妻子做了一顿香喷喷的野兔肉，夫妻俩难得吃了顿美食。

　　第二天，农夫照旧到地里干活，可是他再不像以往那么专心致志了。他干一会儿就朝草丛里瞄一瞄、听一听，希望再有一只兔子像昨天那样窜出来撞在树桩上，好让他又能饱餐一顿。就这样，他心不在焉地干了一天活，该锄的地也没锄完。【名师点睛："心不在焉"表现出农夫没有干活的动力了，只想等着兔子来撞死。农夫这种想要不劳而获的想法是十分愚蠢的。】他在农田里等到天黑,也没见到有兔子出来,农夫只好带着不甘心回家了。

到了第三天,农夫来到田边,他已经完全没心思锄地了。他把锄头扔在一边,自己则坐在树桩旁边的田埂上,专门等待野兔窜出来。可是他白白地等了一天,也没见野兔窜出来。【写作借鉴:通过描写农夫日渐颓废,不再把心思放在锄地上的状态,为下文农夫的田地荒废做铺垫。】

再后来,农夫什么活也不干了,就这样守在树桩边,等着捡到兔子,好坐享其成,然而他始终没有等到兔子。农夫地里的野草却因为没人管,越长越高,把他的庄稼都覆盖了,而他也成了宋国人口中的笑柄。

Z 知识考点

1.填空题。

一只兔子撞到了农夫地头的一截_____上,折断_____而死。农夫得到兔子后的第二天,_____地干了一天活。

2.判断题。

(1)农夫从此靠每天捡兔子为生,不再务农,最后过上了幸福的生活。
(　　)

(2)我们应该脚踏实地,积极主动地去努力,不要总想着不劳而获。
(　　)

3.问答题。

农夫捡到兔子的第二天,是怎样干活的?

_____

_____

Y 阅读与思考

1.农夫捡到兔子之后,是如何做的?

2.这个故事给我们带来了什么启示?

▶ 中国古代寓言

螳螂之勇

M 名师导读

人们常说"螳臂当车，不自量力"，然而我们从另一个角度来看，螳螂之勇，也实在可赞可叹。春秋时期，齐庄公便遇到了一只这样的螳螂，它视死如归，敢于反抗，它的精神和勇气对我们有哪些启发呢？

有一次，齐庄公带着几十名随从，驾着车，骑着马，去山中打猎。一路上，齐庄公兴高采烈地和随从们谈笑风生，快活极了。【名师点睛：开篇交代故事背景。】在前面不远的车道上，有一个绿色的小东西，凑近一看，原来是一只绿色的小昆虫。那小昆虫正奋力高举它的两只前臂，怒气冲冲地挺直了身子直逼车轮，一副要与车轮搏斗的架势。【写作借鉴：运用动作描写，将小昆虫的一系列动作描写得活灵活现，突出了小昆虫殊死搏斗的决心，体现出小昆虫的勇敢。】

一只小小的虫子，竟然敢和庞大的车轮较量，那情景十分可笑。这有趣的场面吸引了齐庄公的注意，他问侍从："这是什么小虫子？"

侍从回答说："回大王，这是一只螳螂。"

齐庄公又问："这小虫子为什么这般姿态？"

侍从回答说："大王，它看着想要和我们的车子搏斗，似乎不想让我们过去呢。"

"真有趣！为什么会这样呢？"齐庄公愈发觉得有意思。

侍从回答说："大王，螳螂这种小虫子，只知前进，不知后退，体格小野心大，不自量力，还喜欢轻敌。"

听了侍从这番话，齐庄公反而被这小小的螳螂打动了，他感叹道："螳螂体形虽小，志气却大，它要是变成人的话，一定会成为天底下最受尊敬的勇士啊！"【名师点睛：齐庄公对螳螂的行为进行了高度评价，并将它的行为延伸到人身上，表达了对勇士的敬重。】话毕，他吩咐车夫勒马回车，绕道而行，不要伤害这只小螳螂。

后来，齐国的将士们听说了这件事，都感动不已，认为齐庄公是善良的明君。从此以后，他们打起仗来更加奋不顾身，都愿意以死来效忠齐庄公。

Z 知识考点

1. 填空题。

（1）小昆虫奋力高举它的两只前臂，_____地挺直了身子直逼车轮，一副要与车轮_____的架势。

（2）螳螂是一种只知_____，不知_____，体格小野心大，不自量力，又喜欢轻敌的小虫子。

2. 判断题。

（1）齐国的将士们听说了螳螂挡车这件事后，都非常感动。从此他们打起仗来更加奋不顾身，都愿以死来效忠齐庄公。（　　）

（2）螳螂挡车，看似不自量力，实际上却表现了螳螂置生死于不顾、敢于抗争的勇气和精神。（　　）

3. 问答题。

螳螂为什么要与马车进行搏斗？

_____

Y 阅读与思考

1. 齐庄公了解螳螂的行为后，发出了怎样的感慨？

2. 从螳螂的身上，我们可以看出它具有怎样的精神？

> 中国古代寓言

铁杵磨成针

> **M 名师导读**
>
> 铁杵能磨成绣花针,水滴能把石头滴穿。持之以恒的力量是多么强大啊!幼年时期的李白淘气贪玩,在一次逃学的路上听了老婆婆的一番话后,突然变得乖巧懂事、爱学习了,这是怎么回事呢?

唐代大诗人李白,幼年时就开始学习经书、史书等,那些书都十分深奥,他一时读不懂,便觉枯燥无味,于是他丢下书,逃学出去玩。【名师点睛:开篇介绍李白不爱读深奥的书本,以此引出李白逃学碰见老婆婆磨杵的故事,使得情节层层递进。】

他一边闲游闲逛,一边东瞧西看,不知不觉到了城外。暖和的阳光、欢快的小鸟和随风摇摆的花草使李白感叹不已:"这么好的天气,如果整天在屋里读书多没意思!"

走着走着,在一个茅屋门前,他看见一位满头白发的老婆婆坐在磨刀石前的矮凳上,手里拿着一根铁杵,在磨刀石上一下一下地磨着,神情专注,以至于李白走到她跟前她都没有察觉。【写作借鉴:此处运用动作和神态描写,写出老婆婆的专注,为老婆婆教育李白做铺垫。】

"老婆婆,您在做什么?"李白说。

"我要把这根铁杵磨成一根绣花针。"老婆婆抬起头,对李白笑了笑,接着又低下头继续磨着。

"绣花针?"李白又问:"是缝衣服用的绣花针吗?"

"是的!"

"可是，铁杵这么粗，什么时候能磨成细细的绣花针呢？"【名师点睛：通过李白的提问，突出了老婆婆的毅力和磨杵的艰难。】

老婆婆反问李白："滴水可以穿石，愚公可以移山，铁杵为什么不能磨成绣花针呢？"【写作借鉴：举"滴水可以穿石，愚公可以移山"的例子，论证了铁杵能磨成绣花针的道理，从侧面反映了只要锲而不舍、持之以恒，就能达到目的。】

"可是，您的年纪这么大了。"

"只要我下的功夫比别人深，没有做不到的事情。"

老婆婆的一番话，令李白很惭愧。于是回去之后，他再没有逃过学，每天学习特别用功，最终成了名垂千古的"诗仙"。【名师点睛：老婆婆的举动和坚定的信念让李白心生惭愧，深受启发，他回家之后发奋读书，终有所成。】

知识考点

1.填空题。

李白幼年时要读十分深奥的经书、史书，他觉得＿＿＿＿，于是逃学出去玩。在路边，他看到一位老婆婆准备把一根很粗的铁杵磨成绣花针，他很惊讶。老婆婆的一番话给李白揭示了这样一个道理：只要功夫深，＿＿＿＿。

2.判断题。

（1）李白从老婆婆磨铁杵中受到启发，为自己的行为深感惭愧。（　　）

（2）幼年的李白悟性很高，总是将那些经书、史书参透之后再去玩。（　　）

3.问答题。

是什么信念支撑老婆婆决心将铁杵磨成针的？

＿＿＿＿＿＿＿＿＿＿＿＿＿＿＿＿＿＿

＿＿＿＿＿＿＿＿＿＿＿＿＿＿＿＿＿＿

▶ 中国古代寓言

亡羊补牢

M 名师导读

犯了错误，就要改正；遭遇挫折，就要调整心态。只要能认真吸取教训，及时采取补救措施，就可以避免继续犯错误，防止遭受更大的损失。很久以前，一个牧民的一只羊被狼叼走了，他是怎么做的呢？

很久以前有一个牧民，他养了几十只羊，白天放牧，晚上就把羊群赶进一个用柴草和木桩围起来的羊圈内。【名师点睛：开篇引入故事的主要角色——牧民和羊。】

某一天早晨，这个牧民和往常一样去放羊，却发现羊少了一只。原来羊圈破了个窟窿，夜间有狼从窟窿里钻了进来，叼走了羊。

邻居劝他说："赶快把羊圈修一修，堵上那个窟窿吧！"

但是牧民不听劝，他说："羊已经丢了，还去修羊圈干什么呢？"【写作借鉴：运用语言描写，通过牧民对待羊丢失的态度写出了牧民的愚昧无知，出了问题以后不知道想办法去补救，也为接下来发生的故事做铺垫。】

第二天早上，他去放羊，发现又少了一只羊。原来狼又从那个窟窿里钻进羊圈，叼走了一只羊。

这个牧民很后悔昨天没有接受邻居的劝告，及时采取补救措施把羊圈补好。于是，他赶紧拿上工具堵上那个窟窿，又把羊圈整体加固了一遍，把羊圈修得牢牢实实的。【名师点睛：通过描写牧民的补救措施，说明牧民开始认真对待这个窟窿，想要弥补过失，防止更大的损失。】

从此以后，这个牧民羊圈里的羊就再也没有被狼叼走过。

Z 知识考点

1.填空题。

（1）牧民养了几十只羊,他白天放牧,晚上则将羊群赶进一个用_____和_____围起来的羊圈内。

（2）牧民丢了第二只羊后,赶紧堵上_____,又把羊圈整体加固了一遍,把羊圈修得_____的。

2.判断题。

（1）牧民的羊被叼走一只后,牧民及时补救,再也没有丢羊。（   ）

（2）犯了错误,只要能认真吸取教训,及时采取补救措施,就可以避免继续犯同样的错误,防止遭受更大的损失。（   ）

3.问答题。

牧民的羊被狼叼走一只后,他为什么不及时修补?

_____
_____

Y 阅读与思考

1.发现羊丢了后,邻居是怎么劝告牧民的?

2.后来,牧民采取了什么措施来防狼?

▶ 中国古代寓言

望梅止渴

M 名师导读

　　我们遇到困难时，不要一味畏惧不前，应该时时用对成功的渴望来激励自己，这样就会使我们有足够的勇气去战胜困难，到达成功的彼岸。东汉末年，曹操带兵攻打张绣，半路上士兵们因口渴而无法前行，曹操是用什么策略让士兵精神振奋，有了前进的动力呢？

　　东汉末年，曹操带领大军去攻打张绣，一路上走得非常辛苦。当时正值盛夏，烈日当空。太阳无情地炙烤着大地。【写作借鉴：环境描写，写出了盛夏时的酷热难耐，衬托出士兵们行军的艰难，为下文士兵感到口渴埋下伏笔。】曹操的军队已经走了很多天了，将士们个个疲惫不堪。这一路上又都是荒山野岭，人迹罕至，方圆数十里都找不到一滴水。将士们头顶烈日，一个个被晒得头昏眼花，大汗淋漓，大家都口干舌燥，感觉喉咙里好像着了火，许多人的嘴唇干裂得渗出了鲜血。【写作借鉴：通过细节描写，写出了将士们口渴难耐的惨状。】每走几里路，就有人因中暑而倒下，就是身体十分强壮的士兵，也渐渐撑不住了。

　　曹操看到这样的情况，心里十分着急。他策马奔向旁边的一个山冈，在山冈上远眺，希望能发现水源。【名师点睛："着急"表现了曹操对将士们的关怀，突出了他作为将领的风范。】可是令他失望的是，目力所及之处既没有村庄，也没有水源。曹操回头看看士兵，见他们一个个东倒西歪，快撑不住了。

　　曹操很有谋略，他在心里悄悄盘算道：这下可糟糕了，找不到水，这么耗下去，不但会贻误战机，还会有不少人马损失在这里，得想个办法来鼓舞士气，振奋人心，激励大家走出干旱地带！【写作借鉴：心理描写，体现出曹操急迫地想要解决当前士气低落的难题。】

曹操突然灵机一动，脑子里蹦出一个好主意。他骑马立在山冈上，抽出令旗指向前方，大声喊道："我看到前面不远处有一大片梅林，长满了又大又酸又甜的梅子，大家再坚持一下，走到那里就可以吃梅子解渴了！"

将士们听了曹操的话，想起梅子酸甜的滋味，就好像真的吃到了梅子一样，口里顿时生出了不少口水，精神也振奋起来，鼓足力气加紧赶路。【名师点睛：曹操利用人们对梅子酸味的条件反射，促使将士们鼓足力气走出困境，足见曹操的睿智。我们从中能体会到目标对人的重要性。】就这样，曹操终于带领军队走到了有水的地方，解决了将士们的燃眉之急。

知识考点

1.填空题。

将士们头顶烈日，一个个被晒得_____，大汗淋漓，可是又找不到水喝，大家都_____，感觉喉咙里好像着了火。

2.判断题。

曹操经过侦察，发现前方有一大片梅林，结满了又大又酸又甜的梅子，将士们因此振作起来。（　　）

3.问答题。

为了鼓舞士气，曹操想出了一个什么办法？

_____
_____

121

▶ 中国古代寓言

望洋兴叹

M 名师导读

　　人外有人，天外有天，做人不要好高骛远，更不能狂妄自大，那种坐井观天、夜郎自大的想法和做法只会自酿苦果。但是，如果我们及时明白自己的渺小，低调做人，便会有意想不到的收获。很久以前，河神一直以为自己很了不起，而在见到一望无际的北海时，他震惊了，也省悟了。

　　绵绵秋雨下个不停，川河溪流的水都流入了黄河。水势太大，竟然漫过了黄河两岸的沙洲和高地。河面也因水势上涨变得越来越宽阔，已经看不清对岸的牛马了。【写作借鉴：通过环境描写，写出了黄河水势之大，河面逐渐宽阔，给予河神骄傲的资本。】河神见状大喜过望，他自我陶醉，以为天下美景已全部收入自己的流域了。

　　河神扬扬得意地顺着水流东下，来到北海。他朝东望去，入目皆是一片汪洋，看不见边际，他顿时大吃一惊，再也没有刚刚那么得意了。他眺望汪洋大海，看着海神，不禁感慨万千："俗话说得好啊，只有见识浅薄、目光短浅的人，才认为自己很厉害。这说的正是我这种人啊！"【写作借鉴：通过对比，凸显出河神的渺小。此处写河神的自我反思，也表现了河神知错就改的美好品德。】

　　经过一番反思，河神又想到曾有人说过，就算是孔子的见闻与学识也还是有限的，伯夷的高尚品德也没能达到顶点。那时他并不相信这些话。今天他看到北海如此浩瀚广博、一望无际。在赤裸裸的事实面前他才明白这话是对的。而他之前的所作所为一定会被见识广博的贤者当成笑话。

听完河神的自我反省,海神开口了。他说:"井里的青蛙由于受到自身居住环境的限制,不可以同它讲大海,因为它没见过大海;夏天的昆虫由于受季节的局限,不可以同它说冬天,因为它没见过冬天;见识短浅的人孤陋寡闻,受教育有限,也不可以同他讲大道理,因为他眼界狭窄。【写作借鉴:运用类比和排比的修辞手法,列出"坐井观天"等事例来说明不能跟见识短浅的人讲大道理,既浅显易懂,也使文章增添了文学气息。】现在,河神你走出了河流两岸,看到了大海,开阔了眼界,知道自己的渺小浅薄,可以同你谈论一些大道理。"

知识考点

1.填空题。

绵绵秋雨下个不停,川河溪流的水都流入了黄河。水势太大,竟漫过了黄河两岸的_____和_____。河面也因水势上涨变得越来越宽阔,已经看不清对岸的_____了。

2.判断题。

(1)河神顺流东下,到达东海。东海的一望无际使他顿时大吃一惊,一扫扬扬自得的神情。　　　　　　　　　　　　　　（　　）

(2)世界是无限的,人们对世界的认识也是无止境的,我们不能总是陷于自我满足之中。　　　　　　　　　　　　　　　（　　）

3.问答题。

最后,为什么海神愿意同河神谈论大道理?

_____

_____

阅读与思考

1.河神扬扬得意的资本是什么?

2.从河神的表现中,我们可以看出他是个怎样的人?

> 中国古代寓言

五十步笑百步

> **M 名师导读**
>
> 　　看事物应当看到其本质与整体,不能只看表面和局部。这样我们才能更好地发现问题,从而进行改正。如果一味地纠结于别人的错误,不发现自己的错误,目光只会更加短浅。梁惠王听孟子讲五十步笑百步的故事后,他会怎样做呢?

　　梁惠王喜欢派兵攻打邻国。有一次,梁惠王召见孟子,问道:"我在位一直尽心尽力治理国家。河内[今河南省黄河以北]常年发生灾荒,收成不好,我就把河内一部分老百姓迁移到收成较好的河东去,并把河东地区的一部分粮食运到河内来,让河内的老百姓有粮食吃。有时河东遇上灾荒,收成不好,我也是这样,把其他地方的粮食调运到河东来,解决老百姓的难题。【名师点睛:通过列举事实,突出了梁惠王为老百姓着想,进而引出梁惠王对百姓不增多的疑惑,表现梁惠王肯于自省的品德。】邻国国君没有哪一个像我这样全心全意替老百姓着想的。但是,邻国的百姓没有变少,而我国的百姓也没有变多,这是为什么呢?"

　　孟子回答说:"大王喜欢打仗,我就用战争来打个比喻吧。【名师点睛:孟子不直接说出原因,而是运用类比的手法,投其所好,用梁惠王喜欢的打仗为例来说明道理,使道理变得浅显易懂,更易被人接受。】战场上,两军交战,战斗一打响,作战双方兵刃相向,各自向对方奋勇刺杀。经过一场激烈交战后,胜方穷追不舍,败方丢盔弃甲。逃跑的士兵中有的跑得快,跑了一百步才停下来;有的跑得慢,跑了五十步才停下来。这时，只逃跑了五十步的士兵开始嘲笑逃跑了一百步的士兵是胆小鬼，您觉得这种嘲笑是对的吗？"

梁惠王说："当然不对，他们虽然没有跑到一百步，但这也是临阵脱逃啊！"【名师点睛：通过梁惠王对待这件事情的评价，解答了梁惠王提出的问题。因为国家没做出实质性的好政策，只是一些临时措施，只顾及表面并没有考虑本质，不是根本之策。】

孟子说："大王要是明白了故事中的道理，那么就不要再希望您国家的老百姓比邻国多了。"

知识考点

1.填空题。

梁惠王觉得自己全心全意替老百姓着想，邻国国君做得不如自己，然而邻国的百姓没有_____，自己国家的百姓也没有_____。

2.判断题。

梁惠王对政务勤勤恳恳，国家被他治理得井井有条，人口数量稳步增长。　　　　　　　　　　　　　　　　　　（　　）

3.问答题。

梁惠王是如何处理河内和河东地区的灾荒的？

_____

_____

阅读与思考

从孟子讲的故事中，我们可以明白什么道理？

▶ 中国古代寓言

象牙筷子

🅼 名师导读

"千里之堤,毁于蚁穴",一切无法挽回的错误都是从小的苗头开始的。如果我们不能及时遏制小的贪欲,那么必然会酿成大的灾祸。让我们一起读下面的故事,看商纣王是如何从一对象牙筷子开始一步步走向奢靡享乐的生活,最终落得个人毁国灭的悲惨结局的。

商纣王开始请工匠用象牙为他制作筷子时,他的叔父箕(jī)子便很担心。箕子认为,既然你用了昂贵的象牙做筷子,那与之配套的餐具就再也不会用陶土烧制的了,必然会换成用犀牛角、美玉石打磨出的精美器皿。餐具一旦换成了象牙筷子和玉石盘子,你就一定不会再去吃普通百姓吃的蔬菜,而要千方百计地享用山珍海味。紧接着,在享受完美味佳肴之后,你一定不愿意再去穿粗布缝制的衣裳,住在又矮又湿的茅屋里,而必然会换成绫罗绸缎,搬进金碧辉煌的宅院中。【名师点睛:开篇点题,点出商纣王请工匠用象牙制作筷子,箕子意识到这是奢靡之风的开始,说明箕子的深谋远虑。】

箕子害怕按照这样发展下去,必定会带来一个惨痛的后果。所以他从纣王一开始制作象牙筷子起,就有一种不祥的预感。【写作借鉴:此句话承上启下,承接上文箕子对象牙筷子的担忧,引出下文商纣王的悲惨结局,说明了箕子见微知著,预见性极强。】

事情的发展果然不出箕子所料。仅仅过了五年,纣王就变得穷奢极欲、荒淫无度。他的宫殿内挂满了各种各样的兽肉;厨房里添置了专门用来烤肉的铜烙;后花园内酿酒后剩下的酒糟已经堆得像座小山了,而盛放美酒的酒池大得可以划船。【写作借鉴:运用排比的修辞手法,写出了五年之后商纣王穷奢极欲的生活,照应了前文箕子的担忧。从很小的一个贪欲开始,最后一发不可收拾,暗示商朝最终将走向毁灭。】纣王的奢靡无度,不仅让百姓生活越来越艰难,而且让一个强盛的国家迅速衰败,最后终于被周武王所灭。

Z 知识考点

1.填空题。

箕子认为,一旦纣王使用了稀有昂贵的象牙做筷子,与之相配套的杯盘碗盏必然会换成用＿＿＿＿、＿＿＿＿打磨出的精美器皿;普通蔬菜会换成＿＿＿＿。

2.判断题。

箕子从纣王一开始制作象牙筷子起,就有了一种不祥的预感,体现出他有预测未来的神力。（　　）

3.问答题。

本文是如何描写商纣王穷奢极欲、荒淫无度的?

＿＿＿＿＿＿＿＿＿＿＿＿＿＿＿＿＿＿＿＿＿＿＿＿＿＿＿＿＿＿

＿＿＿＿＿＿＿＿＿＿＿＿＿＿＿＿＿＿＿＿＿＿＿＿＿＿＿＿＿＿

Y 阅读与思考

1.从箕子的推演中,我们可以得出什么启示?

2.商纣王为什么会亡国?

▶ 中国古代寓言

秀才的"大志"

M 名师导读

世界上没有"天上掉馅饼"的好事,没有不劳而获的工作,更没有坐享其成的收获。如果我们只是做白日梦,不付出实际行动,就什么也得不到。就如故事中的两个秀才一样,都已经吃不饱也穿不暖了,还在那里大谈他们的"志向"。

以前有两个穷秀才,四体不勤,五谷不分,不事稼穑(sè),不学无术,一天到晚就喜欢装成读书人的模样,摇头晃脑,自命清高。他们穿着又旧又破的衣服,常常饿肚子,却依旧看不起劳动。【名师点睛:开篇批判了两个秀才懒惰的生活现状和对劳动的态度,总领全文。】

盛夏的某一天,这两个秀才又聚到一起了。他们扬扬自得地走到村边,坐在路边的大树墩上,一人拿着一把破旧的大蒲扇不停地摇着,驱赶蚊虫。看着农人在地头辛苦地干活,颗颗汗珠从头上滚落,两个秀才大发感慨。【写作借鉴:此处运用了反衬的手法,通过描写农人辛勤劳作的情景,衬托出两个秀才自命清高和懒惰成性。】

一个秀才说:"这些农民辛辛苦苦的,能落得什么好?我这一辈子虽说也穷困潦倒,可是我只要吃饱穿暖睡足就行了。我最讨厌的就是像他们这样面朝黄土背朝天地干活,他们实在是胸无大志。有朝一日我飞黄腾达了,我一定先把肚子填得饱饱的,吃饱了睡,睡足了吃,那样的生活多幸福呀!【写作借鉴:语言描写,突出了农人的脚踏实地,讽刺了秀才的懒惰。】有了这样的福气,我就算实现大志了。老兄,你说

128

是不是这样呢?"

另一个秀才不同意前一个秀才说的话。这个秀才说:"哎呀老兄,我和你可不一样啊。我的志向是吃饱了还要再吃,吃遍天下美食,哪还有工夫睡大觉呢?我要不停地吃,这才是世间真正的享受。【名师点睛:这个秀才的志向也只是"五十步笑百步"。从中我们可以感受到这个秀才已经十分饥饿,但仍然不想去劳作的可悲。】依我看,这才是我的大志!"

两个人喋喋不休地谈论着他们的"大志",原来他们眼里的大志只是不劳而获、坐享其成,所以到头来也不过是画饼充饥罢了。

Z 知识考点

1.填空题。

两个穷秀才,_____不勤,_____不分,一天到晚就喜欢装成读书人的模样,摇头晃脑,自命清高。两个人喋喋不休地谈着他们的"大志",到头来也不过是_____。

2.判断题。

两个秀才只想着享受而不思考如何付出努力,这种人最后将成为社会的寄生虫,可悲又可怜。   (   )

3.问答题。

从两个秀才的对话中,我们可以看出他们是怎样的人?
_____
_____

Y 阅读与思考

1.秀才们最后可以实现自己的"大志"吗?
2.本篇故事给我们讲述了一个怎样的道理?

129

▶ 中国古代寓言

秀才的忌讳

M 名师 导读

"一分耕耘,一分收获。"没有辛勤的付出就不会有丰硕的收获。有个秀才却不懂这个道理,他几次应试不中,不从自己身上找原因,却十分忌讳别人说"落"或"落第"之类的字词。他如此自欺欺人,最后中榜了吗?

有一个叫柳冕的秀才,落榜了好几次,因此他最怕听到"落""落第"一类的字眼,连这类的同音字也不让别人说。【名师点睛:开门见山,点明故事起因。】谁要是犯了他的忌讳,他就会大发脾气,甚至跟别人争吵。要是他的仆人不小心犯了忌讳,他还会棍棒相加,以致仆人跟他说话时总是小心翼翼,可是越害怕就越紧张,越紧张就越容易出错。

这一年,柳冕又要去省城应试。他骑着马,仆人背着行李和他一起赶路,忽然吹来一阵风,他的帽子被风吹落了,仆人急忙跑过去捡帽子,并大声说道:"主人慢点走,您的帽子落地了!"这柳冕心头一惊,因为"落地"正好与"落第"同音,他大发雷霆,用马鞭怒指着仆人说:"臭奴才,胡说八道!不准说'落地',这叫'及地'(谐音"及第")!记住了没有?再说错看我不揍你!"仆人唯唯诺诺地认错,将帽子给主人戴上,说:"主人,这回把帽子戴牢固一些,就再也不会及地了!"
【写作借鉴:语言描写。"及地"一词的运用,仆人忠厚的回答,增添了故事的趣味性,令人捧腹大笑。】

柳冕听完更加生气了,他扬起鞭子就打到仆人身上,仆人稀里糊涂挨了一顿打，不知道又犯了什么忌讳，只好忍气吞声，自认倒霉。

终于到了发榜的日子，柳冕急忙命令仆人前去看榜。仆人来到发榜的地方，将榜上姓名从头到尾来来回回看了三遍，就是没看见"柳冕"两个字，仆人知道这回秀才又"落"了，可是回去该怎么对主人交代呢？因为主人平生最痛恨那个"落"字。仆人绞尽脑汁，忽然想起主人平时绕开"落"字而用其他字代替的办法，比方说，主人经常把"安乐"（"乐"谐音"落"）说成"安康"，用"康"代替"乐"，于是仆人觉得自己终于找到了一个比较合适的字。

仆人回到家里，柳冕立即一脸期待地迎上去问："怎么样，我考中了吗？"仆人低着头，小声应道："主人，您'康'了。"【名师点睛:故事情节达到高潮，仆人吃一堑长一智，用"康"字暗示秀才落榜的事实，又避免触犯到秀才的忌讳，表现出仆人的机灵。】柳冕听完自然明白这"康"字的意思，他唯恐仆人再说出那个"落"字，就赶紧打发仆人出去了。

Z 知识考点

1.填空题。

柳冕去省城应试途中，他的帽子被风吹落在地，他将帽子落地说成帽子_____。

2.判断题。

（1）因为仆人称帽子落地，犯了忌讳，最终导致秀才没能中榜。（　　）

（2）秀才自身才能有限，却将原因归结于用词上，体现出秀才自欺欺人。（　　）

3.问答题。

为什么柳冕最怕听到"落""落第"一类的字眼？

_____

Y 阅读与思考

如果可以回到古代，你想对秀才柳冕说些什么？

131

▶ 中国古代寓言

薛谭学歌

M 名师导读

　　学习是一件永无止境的事情,不能浅尝辄止,一知半解。我们学到一些知识后,总以为自己已经懂得很多,殊不知自己的学习空间还很大。让我们通过薛谭学歌的故事体会学无止境的道理吧!

　　古时候有个叫薛谭的人,他喜欢唱歌,歌声也很优美。薛谭拜了当时最好的老师秦青为师,学习唱歌。秦青也很耐心地教他音乐知识,告诉他应该怎样练习音色,怎样唱出节拍,怎样在唱歌时投入自己的情感等。【写作借鉴:介绍了薛谭有很好的天赋又有很好的老师,为下文薛谭的骄傲自满做铺垫。】薛谭学了一段时间后,觉得自己可以出师了,所以他还没有学完秦青的全部本领,就急着向秦青辞行回家。

　　秦青听了薛谭打算回家的想法后,也不劝阻他,就在薛谭临行这天,在郊外的大路旁摆酒为他饯行。【写作借鉴:设置悬念,激发读者的阅读兴趣。秦青表面上要为薛谭摆酒送行,实则是另有他意。】饮完临别酒后,秦青一边打节拍,一边给薛谭唱送别曲。他的歌声慷慨悲壮,久久萦绕在树林中,树木都仿佛被这抑扬顿挫、悲壮激昂的歌声震动了;那歌声优美动听、婉转嘹亮,在天空回荡,连天上的彩云也停止飘动,伫立在天空静听着。【写作借鉴:运用了夸张、拟人的修辞手法,表现了秦青在音乐上的造诣之深。】

　　薛谭听到老师为自己送行唱的歌一会儿慷慨激昂,抑扬动听;一会儿优美嘹亮,婉转悠扬。他这才意识到自己还没有完全掌握歌唱的本领，自己唱得远不及老师唱得好，他内心感到非常羞愧。于是薛谭忙向秦青道歉，请求回到老师身边继续深造。从那以后，薛谭再也不敢轻易提回家的事了。

知识考点

1.填空题。

秦青的歌声慷慨悲壮，久久萦绕在树林中，树木都仿佛被这_____、_____的歌声震动了；那歌声优美动听、婉转嘹亮，在天空回荡，连天上的彩云也停止飘动，伫立在天空静听着。

2.判断题。

（1）要想真正学有所成，就不能只满足于一知半解，否则便不会有卓越成就。　　　　　　　　　　　　　　　　　　　（　　）

（2）薛谭学了一段时间后，便把秦青的唱歌本领全部学到手了，便向秦青提出要告辞回家。　　　　　　　　　　　　　（　　）

3.问答题。

薛谭听了老师为他送行唱的歌，为什么又回到老师身边继续学习？

_____
_____

阅读与思考

1.文中是如何描述秦青的歌声的？

2.这个故事告诉了我们什么道理？

▶ 中国古代寓言

寻找千里马

> **M 名师导读**
>
> 　　我们不能把书本上的知识作为一成不变的教条，而要透过表象，抓住事物的本质特点，避免僵化和教条主义。相信大家都听过伯乐相马的故事，伯乐是相马能手，为相马专门写了一本《马经》。伯乐的儿子也想成为相马能手，他能通过这本书掌握相马的方法吗？

　　伯乐擅长辨认千里马，并被称作相马神，他还为相马写了一本《马经》。伯乐的儿子也想学相马，伯乐便要求儿子按照《马经》上的描述去寻找千里马。【名师点睛：开篇点题。伯乐对儿子寄予厚望，儿子能根据《马经》找到千里马吗？】

　　儿子带着《马经》出发了，他每遇到一匹马，都拿出《马经》来仔细核对，看看遇到的马与书上描述的特征是不是相符。可是每次总有一些细节和书上描述的对不上。就这样找了整整一年，他还是没找到一匹和书上描述得一模一样的马。【名师点睛：写伯乐的儿子用了一年时间还没找到千里马，说明儿子只会照本宣科。】他只好垂头丧气地回去跟父亲诉苦。伯乐劝他不要灰心，让他调整好心情出去接着找。

　　无奈之下，儿子又踏上了寻找千里马的路途。到底去哪儿找呢？他无意识地抚摸着《马经》，唉声叹气，不知道该如何是好。他漫无目的地走啊走，心里不停发问："千里马啊千里马，你到底在哪里呢？"

　　正在他愁眉苦脸的时候，一只大癞蛤蟆一边"咕呱"地叫着，一边一蹦一跳地过来了。他对着癞蛤蟆出神，突然意识到："咦，这不就是……"他欣喜若狂,一把抓住癞蛤蟆掉头就往家跑。【名师点睛:故事达到高潮——伯乐的儿子竟然把癞蛤蟆当作千里马,真是让人哭笑不得。】

还没迈进家门,儿子就兴奋地叫嚷起来:"父亲!我找到千里马了!我找到千里马了!"伯乐听了大喜过望,急忙奔出来问:"好儿子,快说说,你找到什么样的千里马了?"儿子气喘吁吁地回答:"我找了许许多多的马,只有这一匹和书上描述的特征最像了。它也是头颅高高隆起,眼眶深陷,背脊缩着。只是有一样——它的蹄子不像。"伯乐听完了儿子的话,又看看儿子带回来的癞蛤蟆,心里顿时明白了大半,他只得苦笑着说:"孩子啊,这匹'马'虽然基本符合千里马的特征,可是它一蹦一跳的,人怎么驾驭它呢?"话音刚落,儿子脸上的笑容顿时僵住了。

Z 知识考点

1.填空题。

伯乐写了一本_____,并要求儿子依据书中的描述寻找千里马。而他的儿子却照本宣科,错把_____当作千里马。

2.判断题。

(1)伯乐的儿子依据伯乐给的《马经》,成功找到了千里马。(　　)

(2)伯乐的儿子只知按书中的描述去找千里马,这种做法是错误的。(　　)

3.问答题。

伯乐的儿子在寻找千里马的过程中犯了什么错误?

_____

_____

Y 阅读与思考

你觉得伯乐的儿子最后会成为相马能手吗?

> 中国古代寓言

叶公好龙

M 名师导读

做人要做个表里如一的人，喜欢一样东西，不能只看它的表面，而是要深入了解它的内在品质。不然就会像文中的叶公一样，成为人们的笑谈。

春秋时期，鲁哀公经常对外宣扬自己求贤若渴。有个叫子张的人听说后，便千里迢迢来到鲁国，希望得到鲁哀公的重用。可是，子张一连在鲁国待了七天，却连鲁哀公的影子都没有见到。

子张非常失望，就找到鲁哀公的车夫，对他说："我听说贵国国君爱才若渴，所以才不远千里前来投奔，到了贵国后，顾不上休息就前来拜见。可是，我一连等了七天，贵国国君却连理都不理我。我看，贵国国君喜好贤士就好像叶公好龙一样啊！"

说完，子张便给车夫讲了"叶公好龙"的故事，并请车夫将这个故事转述给鲁哀公。【写作借鉴：设置悬念，使故事情节更加曲折。子张为什么要给车夫讲故事，还要车夫转述给鲁哀公听呢？引发读者的思考。】

终于有一天，鲁哀公记起子张求见的事情，准备叫自己的车夫去把子张请来。车夫对鲁哀公说："他早已走了。"

鲁哀公很是不明白，他问车夫："他不是为投奔我而来的吗？为什么又走掉了呢？"

于是，车夫向鲁哀公转述了子张讲过的故事。那故事是这样的：有个叫叶子高的人，总向人吹嘘自己如何如何喜欢龙。他在衣带钩上画着龙，在酒具上刻着龙，他的卧室凡是雕刻花纹的地方也全是龙。天上的真龙知道叶子高如此喜欢龙，非常感动。一天，真龙降落到叶子高的家里，它把头伸进窗户里探望，把尾巴横在厅堂上。叶子高见了，吓得脸都变了颜色，惊恐万状，回头就跑。真龙感到莫名其妙，很是失望。原来那叶公并非真的喜欢龙，只不过是形式上、口头上喜欢罢了。【名师点睛：故事表面上讲述了叶子高喜欢龙，当见到真龙时却无比恐惧害怕，实则是暗讽鲁哀公表里不一。】

车夫将子张讲的故事一字不差地讲给鲁哀公听。鲁哀公听完十分惭愧，脸上一阵红，一阵白，一句话也说不出来。

Z 知识考点

1.填空题。

子张听说鲁哀公求贤若渴，便_____来到鲁国，请求拜见鲁哀公。一连几天却连鲁哀公的影子都没有见到，他让车夫转述_____的故事，悄然离去。

2.判断题。

叶子高非常喜欢龙，非常渴望见到真龙，最后感动了真龙。（　　）

3.问答题。

叶子高真的喜欢龙吗？

_____

_____

Y 阅读与思考

1."叶公好龙"这个故事向我们说明了什么道理？

2.子张讲述"叶公好龙"这个故事有何用意？

▶ 中国古代寓言

夜郎自大

M 名师导读

"夜郎自大"一词常常用来比喻因孤陋寡闻而妄自尊大。那么你知道这个词语的来历吗？秦汉时期的夜郎国因地理位置偏远，消息闭塞，使得夜郎国国王自以为自己的国家最大，殊不知它还不如汉朝的一个郡大，因而闹了"夜郎自大"的笑话。

汉朝西南方有一个叫夜郎的国家，它虽然是一个独立的国家，可是国土很小，且山高林密，极少与外界往来。【名师点睛：开篇介绍夜郎国的地理位置和环境。】

夜郎国的百姓很少，物产更是少得可怜。但是，在邻近的几个国家中，夜郎国是最大的，所以夜郎国的国王就以为自己统治的国家是全天下最大的国家。

一天，夜郎国的国王巡视边境，他指着前方问身边的几名随从："这里哪个国家最大呀？"

随从们早就揣摩透了国王的心思，知道他想听什么答案，于是异口同声地说："当然是我们夜郎国最大！"【名师点睛：刻画了一群溜须拍马、阿谀奉承的随从形象。】

国王与众人继续向前走。走着走着，国王突然抬起头来，望着前方的高山问："天底下还有比这座山更高的山吗？"

随从们答道："天底下再也没有比这座山更高的山了。"

随后，一行人来到河边，国王指着面前的河又问："世界上还有比这更长的河吗？"

随从们齐声说："没有，这是世界上最长的河了。"

听了随从们的话，国王高兴极了。从此以后，夜郎国国王更加相信自己的国家是天底下最大的了。【名师点睛：奉承话助长了夜郎国国王骄傲自满的气焰，从侧面说明了闭关锁国的危害性。】

有一次，汉朝派使者出使夜郎，夜郎国国王大摆宴席款待他。席间，夜郎国国王问使者："你们汉朝大，还是我们夜郎国大呢？"

使者一听，吓了一跳，心想：夜郎国国王真是不知天高地厚！夜郎国的地盘还不及汉朝的一个郡，怎么能和有广阔疆土的汉王朝相提并论？不过，也可能因为夜郎国山高林密，偏僻闭塞，所以他们都以为夜郎是天下最大的国家。我得告诉他们真实的情况。【写作借鉴：心理描写。使者没有因汉朝疆土辽阔、实力强大而像夜郎国国王那样自大。】

想到这里，使者说："汉朝更大。"

说完，使者向夜郎国国王介绍了汉朝的大致情况。夜郎国国王听了，仍半信半疑。

使者回国后，"夜郎自大"的故事也被当成人们茶余饭后的笑谈。

知识考点

1.填空题。

汉朝西南方有一个叫夜郎的国家，它_____，_____，极少与外界往来。

2.判断题。

生活中也是这样，见识越广的人越懂得谦虚，见识越短浅的人反而越盲目自大。（　　）

▶ 中国古代寓言

疑病乱投医

M 名师导读

　　一个人疑心自己得了很严重的病，结果乱投医、瞎吃药，连请三位大夫都没看好，病情反而越来越严重。后来，通过一位老人的开导，他的病很快就好了，这位老人说了什么呢？

　　有个人偶然感染上风寒，一直不停咳嗽，他觉得浑身不舒服，就去请大夫看病。大夫看到他那副无精打采的模样，又诊了他的脉，说他得了蛊（gǔ）病，如果不抓紧治疗恐怕会丢掉性命。这个人听完脸色大变，连忙掏出许多金子，请求大夫一定要治好他的病。【名师点睛：交代事件的起因，病人因生病而恐慌不已，结果遇到庸医。】

　　大夫给他开了治疗蛊病的药，说这种药可能会有损他的肾脏和肠胃，还有可能会灼烧他的皮肤，因此，吃这种药必须禁吃美味佳肴，否则难以药到病除。一个月过去了，这个人按时吃药，病情却不见好转，反而加重了，除了咳嗽以外，还有内热外寒。加上他一个月没吃美味佳肴，营养不良，身体越来越瘦弱，看起来真的像一个患蛊病的人。

　　无奈之下，他只好又请来另一个大夫给他看病。这个大夫询问了他的各种症状，诊断他得了内热病，于是又给他开了寒药。这次治病，他又花费了许多金子。【名师点睛：病人病情加重，使故事情节更加曲折。】

　　吃完了第二个大夫给他开的寒药以后，他每天上吐下泻，苦不堪言。别说是美味佳肴了，这次连饭都吃不下了。他每天担惊受怕，心想，这样下去恐怕真的保不住命了。于是，他又改服热药，谁知这样一来，他开始全身浮肿，到处长痈(yōng)生疮，搞得他头晕目眩，从早到晚叫苦不迭。

于是，他又拿出钱财，请来了第三个大夫。这个大夫见他满身是病，不知道从何医起，结果越医治病情越严重。

后来，邻居的一位老人见他面容憔悴，身形消瘦，病症奇特杂乱，于是开导他说："这都是庸医害人、胡乱吃药的结果。其实你本来就没什么大病。【名师点睛：老人一针见血地指出了问题的所在，与前面三位大夫看问题形成鲜明的对比。】人的生命，本来以元气为主，再搭配上一日三餐正常的饮食。而你呢，天天吃各种各样的药，既损害了你的身体，又阻断了饮食的营养供给，肯定会百病齐出。我看你现在最主要的是安定思想，首先要休息好，再辞谢大夫，放弃吃药，恢复饮食，多吃你喜欢的食物，这样，你的元气就会慢慢恢复，身体也会一天天强壮起来，吃东西自然就有胃口了。一天三餐规律饮食就是最好的药，你不如照我说的做，保管有用。"

这个人在走投无路的情况下，只好按照老人所说的去做，仅仅过了一个月，他身上的各种病症就消失了，身体也恢复了健康。【名师点睛：病人的身体恢复了，也印证了邻居老人的话。】

Z 知识考点

1.判断题。

邻居的老人给病人的建议是正确的。　　　　　　(　　)

2.问答题。

为什么病人在吃了多位大夫的药后病情反而更加严重？

▶ 中国古代寓言

疑邻盗斧

M 名师导读

我们对一件事情进行评判的时候，应当保持客观理性的态度，应当尊重客观事实。如果只凭自己的主观意愿做出判断，往往会导致判断失误。疑邻盗斧就能说明这个道理，让我们一起来看看这个故事吧！

以前乡间有个农夫，他在自家的地窖中储存种子的时候，不小心把斧头落在地窖里忘带出来了。几天以后，他打算用斧头时才发现找不到了。放在家里的斧头到底去哪儿了呢？他在自己家门后、桌子底下、堆放柴草的屋里到处找，还是没有找到，他就怀疑是邻居家的儿子偷去了。【名师点睛：开篇交代了事情的起因。是谁拿了他的斧头？推动故事情节向前发展。】到底是不是邻居家的儿子偷的呢？没有证据不能乱讲。于是，农夫每天仔细地观察邻居家的儿子，越看越觉得就是他偷了斧头。看他那走路心虚的模样，很像是偷了斧头。不仅如此，连他的神态、动作、表情也鬼鬼祟祟，甚至连他说话时的声调，都像是因为偷了斧头而做贼心虚。总之，这个农夫越看越怀疑，几乎可以肯定，就是他偷的斧头了！【写作借鉴：这个人凭借自己的主观想象，从邻家儿子的神态、动作、表情判断，怀疑斧头就是被他偷了，从侧面说明这个人有些疑神疑鬼。】

过了几天，这个人又要到地窖去储放农货了。他打开地窖门，进入地窖，惊奇地发现斧头正静静地躺在地上。

到了第二天，这个人再去看邻居家的儿子时，又觉得他的一举一动、一言一行、一颦一笑，一点儿都不像是会偷斧头的样子。【名师点睛：其实，邻居家的儿子没有什么变化，真正改变的是农夫自己的心态，说明当一个人带着成见去看问题时，就会歪曲问题的本身。所以，遇到问题要调查研究后再做出判断，绝对不能毫无根据地瞎猜疑。】

Z 知识考点

1.填空题。

农夫的斧头被遗忘在＿＿＿＿＿＿中，他多番寻找未果，认为是＿＿＿＿＿＿偷了他的斧头。

2.判断题。

(1)斧头是邻居家的儿子偷的。　　　　　　　　　(　　)

(2)斧头最终没有被找回来。　　　　　　　　　　(　　)

3.问答题。

农夫找到斧头后，又做了哪些事？

＿＿＿＿＿＿＿＿＿＿＿＿＿＿＿＿＿＿＿＿＿＿＿＿＿＿＿＿

＿＿＿＿＿＿＿＿＿＿＿＿＿＿＿＿＿＿＿＿＿＿＿＿＿＿＿＿

Y 阅读与思考

1.你想对这个丢失斧头的农夫说些什么？

2.从这个故事中你明白了什么道理？

143

▶ 中国古代寓言

郢书燕说

M 名师导读

在学习中，遇到不懂的地方要及时向人请教，切不可凭自己的理解胡乱猜测。本文中的燕相国便犯了这样的错误，虽然最后阴差阳错得到了好的结果，然而我们依然要引以为鉴。其中究竟发生了什么事呢？

有天夜里，楚国都城郢(yǐng)都的一个人在家中给燕相国写信。因为烛焰微弱，光线有一点昏暗，郢人看不清，所以他对侍者说了一声："举烛。"果然，蜡烛高举，写信就看得清楚了。谁知他还觉得烛光不够亮，心中想着"举烛"，嘴里念叨着"举烛"，竟然不知不觉把"举烛"二字也写到信里去了。事后他也没有检查就把信交给了侍者。【写作借鉴：交代了故事发生的背景，郢人在写信时误将"举烛"写入信中，"举烛"二字会引发什么样的故事呢？此处设置悬念，引人入胜。】

燕相国收到郢人的信以后，反反复复把信看了好几遍。他始终对信中的"举烛"二字非常费解。久闻四海之内唯楚有才，难道"举烛"就是一种高深莫测的体现吗？燕相国想到这里，若有所悟地说："举烛的意思是崇尚光明，而崇尚光明的人一定会推举光明磊落、才华横溢的人担当重任。照这样看来，郢人书信中的'举烛'二字，其用意是为我献策！"【名师点睛：燕相国看完信，不解"举烛"之意，他也不及时询问，便牵强附会地加以解释，令读者捧腹。】

燕相国把这个想法告诉了燕王，燕王听了大喜。他以燕相国的政见为原则，纳贤才，从而使得燕国政通人和，一天比一天强盛。【名师

点睛:交代了故事的结果,燕相国在曲解郢人信件的情况下,阴差阳错地使得燕国政通人和,日益强盛,增强了故事的趣味性。】

虽然燕国因为"举烛"治理得越来越好,但是"举烛"的真正含义并不是燕相国理解的意思。在这世上和燕相国一样的人还有很多呢。

Z 知识考点

1.填空题。

燕相国认为,"举烛"的意思是_____,而这种人必定会推举_____、_____的人担当重任。

2.判断题。

(1)郢人因在信件中误写"举烛"二字,遭燕相国曲解,最后阴差阳错之下促使燕国日益衰落。（ ）

(2)燕王根据燕相国对"举烛"二字的解释来治理国家,固然是一件好事,但是燕相国置郢书的真意于不顾,则是一个坏习气。（ ）

3.问答题。

郢人写"举烛"与燕相国所理解的"举烛"有什么不同?

_____
_____

Y 阅读与思考

1.郢人为什么会在信中写入"举烛"二字?
2.读完本文,你得到了什么启示?

▶ 中国古代寓言

愚公移山

M 名师导读

　　愚公移山的故事巧妙地通过智叟与愚公的对话,展现出了智叟之愚与愚公之智,告诉人们只要有持之以恒的信念并付出行动,就一定能取得成功的道理。

　　古时候,在冀州以南、河阳以北矗立着两座大山,一座是太行山,一座是王屋山。

　　北山下面住着一位老人,名叫愚公,他已经快九十岁了。由于大山挡路,愚公一家出来进去都要绕道,很不方便。

　　一天,愚公把全家人召集起来,说:"我们一起用毕生的精力搬开太行和王屋两座大山,然后修一条大道,一直通到豫州南部,到达汉水南岸,大家说好吗?"全家人都表示赞同。【名师点睛:点明了故事的起因,因为两座大山阻塞了交通,愚公一家决定搬开两座大山。】

　　第二天一早,愚公便率领儿孙中身体强壮的几个人来到山脚下,开始凿石头、挖土,用畚箕运到渤海边上。

　　虽然一家人每天挖不了多少,但他们还是坚持挖。

　　邻居京城[复姓]氏的寡妇有个孩子,刚七八岁的样子,也蹦蹦跳跳地去帮助愚公一家人。【名师点睛:连小孩子都来帮忙移山,反衬出下文中对愚公责难与讥笑的智叟的愚蠢。】

　　有个叫智叟的老人得知这件事后,觉得愚公的做法很可笑,特地跑来劝他说:"你简直太愚蠢了!你都已经这么大年纪了,还能活几年

146

呢？剩下这么点儿力气，连山上的一棵草都移动不了，又能把太行和王屋两座大山怎么样呢？"【名师点睛：智叟的话，从侧面表现出愚公年纪大，移山十分艰难。】

愚公看了看智叟，回答说："你这个人平时不是总说自己很聪明吗？为什么这件事你想不明白呢？连孤儿寡母都比不上。不错，我一个人的力量确实有限，但我死了，还有儿子在，儿子又生孙子，孙子又生儿子，儿子又有儿子，儿子又有孙子，子子孙孙无穷无尽。可是山却不会增高加大，还怕挖不平吗？"【写作借鉴：此处运用语言描写，正面表现出愚公及其家族移山的坚定信念与决心。】

智叟听了，无言以对。

这件事惊动了山神，山神就去向天帝报告。天帝被愚公坚持不懈的精神感动，命令天神背走两座山，一座放在朔方的东部，一座放在雍州的南部。【名师点睛：愚公的精神感动了天帝，他让天神移走了两座大山。这个结局说明，只要有顽强的毅力和坚定的信念，就一定能战胜困难，取得成功。】从此，从冀州的南部到汉水南岸，再也没有高山阻隔了。

知识考点

1.填空题。

古时候,在冀州以南、河阳以北矗立着两座大山,一座是_____,一座是_____。

2.判断题。

愚公年迈无力,却依然率领子孙挖山,浪费家族人力和时间,体现出愚公的愚昧可笑。　　　　　　　　　　　　（　　）

3.问答题。

面对智叟的质疑,愚公是怎样回答的？

_____

_____

中国古代寓言

鹬蚌相争,渔翁得利

M 名师 导读

不论干什么事情,都要进行全面、周密的思考,权衡利弊得失后再行动。否则,为了一点点恩怨、矛盾而互相争斗,都会得不偿失。本文中,鹬(yù)啄住了蚌(bàng)的肉,蚌钳住了鹬的嘴,二者互不相让,它们的结局怎样呢?

一天,阳光灿烂,天气十分暖和,一只河蚌爬到岸上,张开蚌壳晒太阳。河蚌觉得浑身舒服极了,便懒洋洋地打起瞌睡来。【写作借鉴:"懒洋洋"一词充分表现出河蚌此时舒适、安逸的心情,同时也为下文做好了铺垫。】不久,一只饥饿的鹬鸟飞到河岸上觅食。它见到正晒太阳的河蚌,顿时心花怒放,它想:"听说蚌肉鲜美,我一直想尝尝,可我总是啄不开那该死的蚌壳。现在这只河蚌把蚌壳打开了,这可是个好机会!"

鹬鸟悄悄地落在河蚌的身边,把长长的尖嘴伸过去啄河蚌的肉。河蚌感到身体一阵刺痛,猛地一惊,迅速用力把蚌壳一合,鹬鸟的尖嘴被紧紧地夹住了。【名师点睛:河蚌与鹬鸟之间激烈的争斗,一下打破了之前舒缓的气氛。二者命运如何?真是扣人心弦。】

鹬鸟啄肉不成,嘴反而被夹住,便威胁河蚌说:

"我看你能在岸上待多久!如果今天不下雨,明天不下雨,你就会干死,到时候,这岸上就会有一只死蚌了。"【名师点睛:鹬鸟的话说明河蚌必死无疑,以及它一定要吃到蚌肉才善罢甘休的心理。】

河蚌也十分强硬地说:

"好吧,你的嘴已经被我钳住了,我看你能饿多长时间!我今天不松开蚌壳,明天也不松开蚌壳,你就会饿死,到时候这岸上就会有一只死鹬了。"【名师点睛:河蚌的话说明它准备跟鹬鸟对抗到底,展现了它顽强的一面。】

两个小东西就这样对抗着,谁也不肯相让。时间一长,它们都筋疲力尽了。

这时,一位渔翁走过来,毫不费力地把河蚌和鹬鸟捉进了背篓。
【名师点睛:结尾点明河蚌和鹬鸟的结局,说明互相争斗,都会得不偿失。】

知识考点

1.填空题。

鹬鸟悄悄地落在河蚌的身边,把_____伸过去啄河蚌的肉。河蚌感到身体_____,猛地一惊,迅速用力把蚌壳一合,鹬鸟的尖嘴被_____。

2.判断题。

鹬鸟和河蚌互不相让,都饿死在河岸上了。　　　　(　　)

3.问答题。

面对鹬鸟的威胁,河蚌是怎么回应的?

_____

_____

阅读与思考

你觉得鹬与蚌相互争斗、始终互不让步的做法对吗?为什么?

▶ 中国古代寓言

越权与失职

M 名师导读

"不以规矩,不能成方圆。"生活中处处需要规矩。古代有一个王侯,他把职位和职权划分得十分清楚、严明,让我们看看他是怎样通过一件小事向下属阐释越权与失职行为的。

有一次,韩昭侯喝了很多酒,他不胜酒力,醉倒在床榻上,不知不觉地睡了过去。韩昭侯手下的官吏典冠担心他着凉,就找掌管衣物的典衣拿了一件衣服,披在韩昭侯身上。

几个时辰过去了,韩昭侯一觉睡醒觉得很舒服,不知道是谁给他披了一件衣服,他觉得很暖和,就打算表扬一下给他披衣服的人。于是他就问身边的侍从:"是谁在我睡着后给我披了一件衣服?"

侍从回答道:"是典冠。"

韩昭侯听完侍从的回答,脸立即沉下来。【写作借鉴:神态描写,表明韩昭侯对问题的答案感到失望,也引发读者心中疑虑——韩昭侯本想表扬盖衣服的人,为什么听到回答后沉下脸来呢?】他把典冠找过来,询问道:"是你给我披的衣服吗?"典冠回答:"是的。"韩昭侯又问道:"衣服是哪里来的?"典冠回答说:"是从典衣那里取来的。"韩昭侯又派人把典衣找来,问典衣说:"衣服是你给典冠的吗?"典衣回答说:"是的。"韩昭侯严厉地批评典冠和典衣道:"你们两个人今天都犯了大错,知道吗?"典冠、典衣两个人面面相觑[你看我、我看你,形容大家因惊惧或不知所措而互相望着,都不说话],弄不明白是怎么回事。韩昭侯对他们说:"典冠你作为寡人身边的侍从,怎么能擅自离开岗位做自己职权范围以外的事呢?你这种行为是明显的越权。而典衣你作为掌管衣物的官员,又怎么能随便利用职权将衣服给典冠呢?你这种行为是明显的失职。今天,你们俩一个越权,一个失职,如果其他人都像你们这样随心所欲,想做什么就做什么,整个朝廷不就乱套了吗?因此,我必须重重惩罚你们,让你们吸取教训,也让其他人都引以为戒。"【写作借鉴:点明中心,韩昭侯的三个反问句强有力地对典冠和典衣二人的越权与失职行为进行了严厉的批评。】

于是韩昭侯把典冠、典衣二人一起降了职,典冠和典衣也心悦诚服地接受了惩罚。

Z 知识考点

1.填空题。

典冠擅自离开岗位来干其他的事,这种行为属于_____;典衣随便利用职权将衣服给别人,这种行为属于_____。

2.判断题。

(1)典冠为韩昭侯盖衣服,韩昭侯表扬了典冠,并给他升了官。(　　)

(2)韩昭侯的做法在今天看来也许有些过分,但他严明职责、严格执法还是值得肯定的。(　　)

3.问答题。

为什么韩昭侯听说是典冠给他盖的衣服后十分生气?

_____

_____

Y 阅读与思考

你觉得韩昭侯的做法对吗?为什么?

151

▶ 中国古代寓言

越人造车

M 名师导读

　　学无止境,人的成长需要不断地学习,但是学习不能盲从,要学会有目的地学习,不然会栽跟头。从前有个越人,他仿照一辆捡来的车造车,不但没有立功,还导致自己国家大败,这是怎么回事呢?

　　越国没有车,越国人也一直都不懂造车之法。越国人很希望掌握造车的技术,从而将车用在战场上,增强本国的军事力量。【写作借鉴:开篇交代故事起因,点明越人对车的渴望,为下文越人造车做铺垫。】

　　有一次,一个越国人去晋国游玩。外面风和日丽,鸟语花香,他边走边看,不知不觉就走到了晋国和楚国交界的地方。忽然,不远处有件东西引起了他的注意。"咦,这不是辆车吗?"这个越人马上联想到他从前在晋国见过的车。这东西确实是辆车,不过是一辆受损很严重的车,所以才被人丢弃在这里。这车的辐条已经腐朽,轮子已经毁坏,輗(ní)折断了,车辕也毁了,上上下下没有一处完好的地方。【名师点睛:虽然这辆车残破不堪,但越人依旧很仔细地观察了这辆被遗弃的车。】但这个越国人本来就没有仔细看过车的全貌,又一心想为没有车的越国立功,就绞尽脑汁把破车运回了越国。

　　回到越国以后,这个越国人到处炫耀:"去我家看车吧,我弄到一辆真正的车,可厉害了,我好不容易才弄到的呢!"【名师点睛:通过越人的话语,表现出越人拥有车的得意和自豪。】到他家看车的人络绎不绝[形容人、马、车、船等前后相连,连续不断],大家都想看看车到底长什么样。几乎每个人都相信了他说的话，纷纷议论道："原来车是这个样子的啊！""看上去好像不能用吧，是不是坏掉的车？""你见过真正的车吗？没见过就不要乱说。车说不定本来就是这个样子的。""对，我看也是。"【写作借鉴：此处为语言描写。人们众说纷纭，表现了对这辆车的各种质疑。】就这样，越国人见到这辆车后，都纷纷模仿这辆车的形状造起车来。

后来，晋楚两国的人见到越人造的车，都笑得直不起腰来，嘲笑道："越人实在太笨了，竟然将车都造成坏掉的车，根本不能用！"可是越国人毫不理会晋国人和楚国人的嘲讽，依旧我行我素，造出了一辆辆根本无法使用的战车。

终于有一天，战争爆发了，敌国大兵压境，眼看就要入侵越国领土。越国人认为自己有战车，一点儿也不惊慌，从容应战。他们驾着破战车向敌军冲去，结果被打得落花流水。

Z 知识考点

1.填空题。

越国人捡到的车辐条已经_____,轮子已经毁坏,辕折断了,_____也毁了,上上下下没有一处完好的地方。

2.判断题。

越国仿造的战车看似破烂不堪，实则强大无比，带领越国军队赢得了战争的胜利。（　　）

3.问答题。

根据故事内容推测,越国人造出来的车是什么样子的？

_____

_____

Y 阅读与思考

这个故事告诉我们一个什么道理？

中国古代寓言

乐羊子求学

M 名师导读

在学习过程中，如果轻言放弃，便不会有所成就。乐羊子外出求学半途而返，受到妻子语重心长的教育后，最终毅然重返求学的路，七年后学成而归。乐羊子的妻子到底对他说了什么话？乐羊子又是怎么做的呢？

古时候有个叫乐羊子的人，他娶了一位知书达理、勤劳贤惠的妻子，她总是劝勉丈夫追求上进，做个有理想有抱负的人。【名师点睛：开门见山，点明故事人物，塑造了乐羊子妻子的贤惠形象。】

妻子经常劝乐羊子说："你是堂堂七尺男儿，要多学些有用的知识，掌握有用的技能，将来做大事。天天待在家里无所事事或者只在乡里转悠，既不能开阔眼界，也不会有什么大作为。不如去远方寻找名师学习本领，充实头脑，成就一番事业。"

时间一长，乐羊子被妻子的劝勉之言打动了，就按照妻子的话收拾好行李去远方求学了。

一天，妻子正在家织着布，忽然听见有人敲门。她打开门一看，竟然是自己日思夜想的丈夫。她开心极了，连忙将丈夫迎进屋坐下。可是高兴没一会儿，妻子似乎想起了什么，疑惑地问道："这才刚刚过了一年，你怎么就回来了？"乐羊子望着妻子，笑着回答说："没什么大事，只是和你分开太久，太想念你了，所以回来看看你。"

妻子听了以后，很久没有说话，表情很是难过。她拿起剪刀，快步走到织布机前，把已经织了一大半的布剪断了。乐羊子大吃一惊，问道："你这是在干什么？"妻子回答道："这匹布是我日夜不停地织出来的，它从一根线头慢慢地积累起来，一寸一寸地变长，才织成了如今这样。现在我把它剪断了，白白浪费了我织布的宝贵光阴，它也永远不能恢复成原状。求学也是一样的道理，知识要一点一滴地积累才能成功。你如果半途而废，不是和我剪断布匹一样可惜吗？"【写作借鉴：运用了语言描写和类比的手法，将乐羊子求学比作织布，将半途而废比作剪断的布匹，巧妙地讲明道理，表现出妻子的良苦用心，进一步展现出妻子的贤淑形象。】

乐羊子听了这番话，醒悟过来，意识到自己做错了，他羞愧地向妻子承认错误，再次背上行囊离开家去求学。这次整整过了七年才学成而返。

Z 知识考点

1.填空题。

乐羊子妻子的话让我们懂得学习不是_____的事，需要_____的精神。我们应该磨炼自己的意志，不懈地努力。

2.判断题。

乐羊子的妻子通过剪断布匹向乐羊子揭示了学习不应半途而废的道理。（　　）

3.问答题。

乐羊子的妻子为什么要剪断已经织好的布？

_____

Y 阅读与思考

乐羊子受到启发后重新外出求学，七年而返，体现出乐羊子是一个怎样的人？

▶ 中国古代寓言

詹何钓鱼

M 名师导读

俗话说:"不怕事难干,只怕心不专。"处理事情最重要的就是要专心、一丝不苟。以前有个钓鱼高手,他能用最简单的钓具收获最丰硕的成果,他是怎么做到的呢?

楚国有个叫詹何的人,他是个钓鱼高手,他的钓具和别人都不一样:钓鱼线只是一条单股的用蚕丝制成的绳,钓鱼钩是用细如芒尖的细针弯曲而成的,而钓鱼竿则是楚地出产的一种细竹。【写作借鉴:细节描写,通过对钓具的细致描写,表现出钓具的脆弱,反衬下文詹何钓鱼技能的高超。】凭借这一套钓具和用碎成两半的米粒做成的钓饵,没用多长时间,詹何就从百丈深渊之中钓出了能装满一辆大车的鱼!而且他的钓鱼线没有被撑断,钓鱼钩也没有变直,甚至连钓鱼竿也没有被压弯!【写作借鉴:运用夸张的修辞手法,极言詹何的钓鱼技术之高深。】

楚王听说了詹何高超的钓鱼技巧后,啧啧称奇,就请人将他召进宫里,想要向他请教垂钓的技巧。

詹何回答说:"我曾经听父亲说,楚国有个叫蒲且(jū)子的射鸟高手,他只需要用拉力很小的弱弓,将系有细绳的箭顺着风势射出去,一箭就能射中两只飞翔的黄鹂鸟。父亲说,这是由于他用心专一、用力均匀。【名师点睛:詹何通过讲述射鸟高手的故事,解释了自己垂钓技术高深的原因,即用心专一、用力均匀。】于是,我就学习他用心专一、用力均匀的诀窍,并把这个技巧用在钓鱼上,花了整整五年的时间,终于完全掌握了这个本领。每当我来到河边抛出鱼线钓鱼时，总是全身心地关注钓鱼一件事，其他什么都不想，在抛出鱼线、沉下鱼钩时，做到手上的力度不轻不重，丝毫不受外界环境的干扰。【名师点睛：詹何说出自己钓鱼的诀窍，说明做事要专心、一丝不苟。】这样，鱼儿见到我的钓饵，就以为是水中的浮渣或泡沫，于是放下防备，毫不犹豫地上钩了。因此，我在钓鱼时就能做到以弱制强、以轻取重。"

Z 知识考点

1.填空题。

詹何所用的钓鱼线只是一根单股的_____，钓鱼钩是用_____弯曲而成的，钓鱼竿是楚地出产的一种_____。

2.判断题。

（1）无论做什么事情，都需要专心致志、一丝不苟，用心去发现并运用其客观的规律。　　　　　　　　　　　　　　　（　　）

（2）詹何之所以能钓到很多鱼，是因为他用的钓饵非常好。（　　）

3.问答题。

詹何垂钓的诀窍是什么？

_____

_____

Y 阅读与思考

从詹何垂钓的诀窍中，你可以得到什么启示？

中国古代寓言

鸩鸟和毒蛇

M 名师导读

人们常说:"眼见为实,耳听为虚。"其实有时候,眼见也不一定为实。因此,学会辨别十分重要。就比如文中的鸩(zhèn)鸟与毒蛇,双方各执一词,都说自己是人类的朋友,到底它们孰是孰非呢?

鸩鸟和毒蛇都是携带剧毒的动物。鸩鸟的羽毛放在食物里,足以致人死亡;毒蛇牙齿里的毒液也可以一击致命。

有一天,鸩鸟和毒蛇相遇了。鸩鸟扑扇着翅膀,准备把毒蛇当成盘中餐吃掉。

毒蛇急中生智,赶紧说道:"喂,别吃我!人类最厌恶携带剧毒的动物,你知道你身上的羽毛为什么带毒吗?那是因为你吃了我们毒蛇。我的毒是天生的,没有办法解除了,可是你还有机会,只要你不吃我,身上就不会再有毒了,人类再也不会讨厌你!"【名师点睛:毒蛇的花言巧语将它狡诈的一面表现得淋漓尽致。】

鸩鸟冷笑了几声,开口道:"你这条可恶的毒蛇,少在这里花言巧语,我才不会相信你的鬼话!"【名师点睛:鸩鸟的话直接揭穿了毒蛇的真面目,可见鸩鸟非常聪明。】

鸩鸟加了把劲,用爪子死死按住毒蛇,接着道:"你说得很对,我的确有毒,但是人类厌恶的是你不是我。你的毒牙里含有毒液,你还专门用毒牙去咬人,想要把人害死。你是主动去害人,人类自然非常厌恶你。而我就不一样,我从来不会主动用我身上的毒去加害人类,就是偶尔有人用我的羽毛去做图谋不轨的事，也只是极少数心术不正的人所为，和我没关系。再说了，我不但不害人，还是人类的好帮手，我帮助人类消灭毒蛇，人们都把我们鸩鸟当成好朋友，喂养我们来捕杀你。【名师点睛：鸩鸟阐释了自己与毒蛇的本质区别，即毒蛇是主动害人，而自己只是被坏人所利用。"死死按住"体现出鸩鸟对毒蛇的痛恨，凸显出鸩鸟是人类忠实的朋友。】你一向害人不浅，你才是人类真正的天敌，今天我绝对不会轻易放过你！"

话音还未落，鸩鸟就猛地啄了下去，把毒蛇吃掉了。

Z 知识考点

1.填空题。

鸩鸟的_____能够致人死亡，毒蛇牙里的_____也足以使人死亡。

2.判断题。

（1）鸩鸟和毒蛇都是对人类有害的动物，没有好坏之分。（　　）

（2）我们看待事物，不能仅从表面上去区别，而应该深入其本质，才能做出正确的判断。（　　）

3.问答题。

为什么人类喜欢鸩鸟而不喜欢毒蛇？

_____

_____

Y 阅读与思考

这个故事告诉我们什么道理？

▶ 中国古代寓言

自相矛盾

M 名师 导读

　　楚国有个人在集市上卖矛和盾,他先吹嘘自己的盾坚固无比,无论什么矛都不能戳穿;又吹嘘自己的矛锋利无双,无论什么盾都不可抵挡。当有人提议用他的矛戳他的盾时,他却灰溜溜地逃离了集市,这是怎么回事呢?

　　楚国有个人在集市上同时卖矛和盾,为了招揽顾客,吸引更多人的注意,从而卖掉自己的商品,他不惜夸大其词地高声叫卖。

　　这个人首先举起了手中的盾,对着过往的行人吹嘘说:"大家请看,我手上的这块盾牌是用上好的材料锻造而成的,特别坚固,就算您用最锋利的矛也不可能戳穿它!"【名师点睛:为了卖盾,楚人大声吆喝,招揽顾客,卖力地宣传他的产品,人物特征鲜明。】一番话说得人们纷纷停下脚步,驻足观看。

　　接着楚人又拿起了放在地上的矛,夸下海口说:"各位,再请看我手上的这根长矛,这可是经过千锤百炼打制出来的好矛,矛头特别锋利,不论您用多坚固的盾来抵挡,都会被我的矛刺穿!"这番话一出口,听到的人个个目瞪口呆。【写作借鉴:"目瞪口呆"表现了人们惊讶的神情。为什么会目瞪口呆?此处设置悬念。】

　　过了一会儿,人群中站出来一个汉子,指着楚人问道:"你刚才说你的盾坚固无比,什么矛都刺不穿;后面又说你的矛锋利无比,什么盾都能刺穿。那么你敢用你的矛来刺你的盾吗?"【名师点睛:汉子的质疑巧妙地解开上文的悬念，揭露出楚人不顾事实、爱吹嘘的性格特点。]楚人听完了汉子的问题，既不敢用他的矛刺盾，也想不出什么话来辩解，只好涨红着脸，在众人的哄堂大笑中收拾好他的矛和盾，灰溜溜地逃离了集市。

Z 知识考点

1.填空题。

楚人吹嘘自己的矛是经过_____打制出来的，自己的盾是用上好的材料_____而成的。

2.判断题。

（1）楚人不敢用自己的矛来刺盾，是因为他担心把矛和盾损坏了。

（　　）

（2）无论做事还是说话，都要注意留有余地，不要做满说绝走极端。

（　　）

3.问答题。

为什么楚人灰溜溜地逃离了集市？

_____

_____

Y 阅读与思考

如果可以回到古代，你想要对楚人说些什么？

> 中国古代寓言

郑人买履

M 名师导读

生活中的事情，时时都可能发生变化，所以灵活变通十分重要。从前，有个郑国人便是因为不懂得变通，就连买鞋这样简单的事，也被他搞得很复杂，结果鞋没买到，还白费了很多力气，这是怎么回事呢？

郑国有个人，脚上的鞋子一直从崭新穿到破破烂烂，他才准备到集市上去买一双新鞋。【名师点睛：交代了事情的起因。】

郑国人在去集市之前，先用一根小绳量好了自己脚的尺寸，随手将小绳丢在一旁，就起身出门了。

郑国人紧走慢走，走了将近二十里地才来到集市。集市上热闹极了，人群熙熙攘攘[形容人来人往，非常热闹]，各种各样的小商品摆满了柜台。【名师点睛：从来往的人群与满柜的商品两个方面烘托出集市的热闹。】郑国人径直走到鞋铺前，只见铺子里摆满了各式各样的鞋子。郑国人在店里左挑右选，最后选中了一双自己觉得很满意的鞋子。他正想掏出事先量好尺码的小绳来比一比新鞋的大小，忽然想起小绳忘记带来了。

店主经验丰富，一看到他的脚就知道了他能穿的尺码，当即拿出一双鞋让他试穿，可他却连连拒绝，说："不行不行，我忘了带尺码，怎么能买鞋？还是等我回家取一下！"

话音刚落，郑国人放下鞋子就回家取绳。他急急忙忙地返回家中，拿了小绳又急急忙忙赶往集市。虽然他一刻也没耽搁，但赶到集市还是花了很久。

此时，太阳已经快落山了，集市上的小贩都收摊回家了，大多数店铺也已经关门。他走到鞋铺前，发现鞋铺也关门了。他没买成鞋，低头瞧见自己脚上那双破了的鞋，发现原先的鞋窟窿现在更大了。【写作借鉴：诙谐的描写，体现出郑国人的滑稽可笑。】

有几个人看到他沮丧的模样后围过来，了解情况后就问他："买鞋时为什么不用自己的脚试穿一下？这不是比用尺码量更加准确吗？"他回答道："那可不行，亲手量的尺码才可靠，我的脚是不可靠的。我宁愿相信尺码，也不相信自己的脚。"【写作借鉴：语言描写，刻画出郑国人的愚蠢可笑，使人物特点更加鲜明。】

Z 知识考点

1.填空题。

(1)郑国人宁可相信量好的尺码,也不相信自己的_____。

(2)郑国人回家拿到小绳又赶往集市,然而鞋铺已经_____了。

2.判断题。

(1)郑国人最终用量好尺码的小绳在集市上买到了鞋子。（   ）

(2)在买鞋的时候,我们应该相信尺码而不是相信自己的脚。（   ）

3.问答题。

郑国人为什么没能买到鞋子？

_____

_____

Y 阅读与思考

这个故事告诉我们什么道理？

▶ 中国古代寓言

钻火与点灯

M 名师导读

主人要看门人在伸手不见五指的屋子里找点火的工具,看门人能顺利地找到吗?面对主人不分青红皂白的问责,看门人是怎样回答的呢?

很久以前,人们还没有发明火柴、火石这些方便取火的东西,取火非常麻烦,必须要用特制的工具在特定的木头上钻出火星来。

有一天夜里,一个魏国人在睡梦中因肚子疼而醒来。他感到一股剧烈的疼痛,肚子里仿佛有千万条小虫子在钻来钻去。豆大的汗珠从他的额头上滚落下来,他捂着肚子在床上翻滚,【写作借鉴:运用夸张和比喻的修辞手法,形象地表现了魏国人实在是肚痛难忍。】强忍着疼痛喊看门人:"阿四,我肚子疼得不行,你快去钻木取火,赶紧把灯给我点上!"

那天夜里没有月亮,屋里黑得伸手不见五指。看门人什么也看不清,只能在黑暗中摸索前进。他一会儿踢飞一条凳子,一会儿又差点被门槛绊倒。一时半会儿还真找不到取火用的特定工具。【名师点睛:看门人的困窘行为,令人又着急又好笑。这个情节突出了亮光的重要性,引出后文故事情节的发展。】

魏国人耐不住性子催促起来:"你快点呀,怎么连这点小事也办不好!"又等了一小会儿,他干脆咒骂起来:"你这个蠢东西,我平时供你吃穿,一到关键时候,你就开始掉链子,还不如家里的看门狗!"

看门人听到主人一声接着一声的催促,心里十分焦急,更加手忙脚乱起来,后来又听见主人竟这样不体谅人,还说出许多不堪入耳的话，就愤愤不平道："您也太不讲道理了！现在四周黑乎乎的，什么也看不见，您怎么不拿个灯来替我照明，好让我能够找到钻木取火的工具呢！"【名师点睛：看门人无知的回答，看似好笑，却表达出他对主人的不满，也巧妙地回应了主人的不讲道理。】

Z 知识考点

1. 填空题。

看门人在黑得伸手不见五指的屋里，一会儿踢飞一条_____，一会儿又差点被_____。

2. 判断题。

（1）看门人四下里胡乱摸索，很快找到了钻木取火用的工具。（　　）

（2）看门人面对主人的破口大骂，巧妙地回应了主人的不讲道理。
（　　）

3. 问答题。

为什么看门人没能即时找到取火的工具？

_____

_____

Y 阅读与思考

这个故事告诉我们什么道理？

▶ 中国古代寓言

《中国古代寓言》读后感

我国古代寓言内容十分丰富,包括为人处世、修身养性、思维方式、学习方法等许多方面,包含着社会发展的经验和教训,凝聚着中华民族的智慧。

当我打开《中国古代寓言》这本书时,一个个故事、一幕幕画面都在我的脑海里重现,我甚至觉得它们已经刻进了我的DNA,流淌在我的血液里。书中的每篇寓言都蕴含着丰富的人生哲理。比如,《画蛇添足》告诉我们做事情要从实际出发,遵循自然规律,不要卖弄聪明,做多余的、不切实际的事情反而会弄巧成拙;《刻舟求剑》告诫我们事物都是在不断发展变化的,应以发展变通的眼光来处理问题,墨守成规就会失败;《南辕北辙》使人懂得做任何事情都要有正确的方向,若方向错了,不管物质条件如何优越,自己如何努力,只会离预想的目标越来越远……

我最喜欢的是《郢书燕说》。它讲的是楚国郢都的一个人给燕相国写信,由于写信时光线昏暗,他一直提醒侍者举烛,导致他的注意力集中在举烛上,于是便写下了与信件内容毫不相关的"举烛"二字。而燕相国看到后,觉得"举烛"是崇尚光明的意思,认为这是在提醒自己要推举光明磊落、才华横溢的人。最终,燕国因"举烛"二字而政通人和,日渐强盛。

这则寓言包含的道理与我们平时的交流息息相关。中国语言文字博大精深,一个词可以有很多种意思,有时候会造成误解,尤其是当我们在线上交流时,误解更多。因为线上的文字是不带语气的,它们代表什么意思与我们的心态有很大关系。如果当天我的心情很糟糕,或者朋友发来的消息没带表情包,我很有可能误解朋友，甚至生他的气。这则寓言点醒了我，以后和朋友用文字交流时，应该多询问其真实想法，而不是仅凭主观臆断，胡乱猜疑，否则可能会造成不好的结果。

　　书中还有很多经典的寓言故事，它们是先人传给我们的宝藏，去了解这些故事，从这些故事里汲取经验和教训，可以帮助我们更好地了解生活，更懂得如何去面对我们生活中的人和事。

　　读完本书，我不禁陷入沉思，寓言其实在理想与现实之间为我们搭起了一座桥梁，让我们能够有机会在步入现实社会之前认识一个真实的世界。在人生的旅途中，这些从寓言中悟出来的道理将伴我一生，为我源源不断地提供精神力量。

中国古代寓言

参考答案

拔苗助长

知识考点

1. 大惊失色

2. (1) × (2) ×

3. 因为农人觉得庄稼长得太慢了,所以要拔苗助长。

杯弓蛇影

知识考点

1. 蹊跷

2. √

3. 因为朋友在应郴家喝酒,以为自己喝下了酒中的小蛇,回家后就生了重病,所以好长时间没去见应郴。

卞庄子刺虎

知识考点

1. (1) 管与 (2) 茅塞顿开

2. (1) √ (2) √

3. 卞庄子等待时机。过了一会儿,大老虎负了重伤,而小老虎死了。这时卞庄子朝那只受伤的大老虎刺去,果然一下子获得了两只老虎。

不龟手之药

知识考点

1. (1) 漂洗丝絮 菲薄 (2) 吴国

2. (1) × (2) √

3. 因为主业收入太少,而出售秘方可以获取大笔金钱,所以不龟手之药的主人同意将秘方卖出去。

不死之药

知识考点

1. (1) 大发雷霆
   (2) 自己的聪明才智

2. ×

3. 因为楚王觉得卫士的话很有道理,所以宽恕了卫士,并下令放了他。

乘凉避露

知识考点

1. (1) 大火炉 (2) 自食其果

2. (1) × (2) √

3. 因为这个郑国人没有考虑到白天的树荫和晚上的露水是两种不同的事物,只知道生搬硬套白天的经验,所以最后适得其反。

丑妇效颦

知识考点

1. (1) 心口疼 胸口 娇媚柔弱
   (2) 瘟神

2. (1) × (2) ×

3. 因为她看到西施捂着胸口、皱着双眉的样子竟博得那么多人的欣赏,因此她要模仿西施的样子,想以此获得他人的欣赏。

穿井得一人

知识考点

1.水井　马或驴子

2.D

3.因为家里打了水井,节省了一个常年运水浇地的劳动力,所以丁家人说他家挖井"还得了一个人"。

唇亡齿寒

知识考点

1 唇齿相依　不能独存

2.×

3.宫之奇认为,虞国和虢国是唇齿相依的近邻,相互依存,互相帮助,万一虢国被灭了,虞国也就难保了。俗话说,"唇亡齿寒",没有嘴唇,牙齿也保不住。借道给晋国,等于自取灭亡,万万使不得。

淳于髡荐贤

知识考点

1.物以类聚　心服口服

2.(1)√　(2)×

3.淳于髡通过列举一系列生动恰当的例子,巧妙地回答了他一日举荐多名贤士的原因。齐宣王觉得很有道理,心服口服。

打草惊蛇

知识考点

1.营私舞弊　贪赃受贿

2.√

3.王鲁一看状子,顿时吓得浑身打战,心跳加剧。因为状子上写的主簿的罪状,条条都是事实,而且每条罪状都和自己所犯的罪相似。看到这份状子,王鲁感觉百姓们状告的仿佛是自己。

东郭先生和狼

知识考点

1.口袋　吃了他　农夫

2.√

3.狼听从了农夫的安排,同意让东郭先生将它再次捆起来,装进口袋。然后,农夫乘机把狼打死在口袋里。

屙金子的石牛

知识考点

1.垂涎三尺　会屙金子的石牛

2.√

3.秦惠王把会屙金子的石牛送给蜀君,是为了让蜀国开辟秦蜀之间的道路,方便自己进攻蜀国。

放火与点灯

知识考点

1.(1)别人说出他的名字　(2)放火

2.(1)√　(2)×

3.因为田登平时最忌讳别人说出他的名字,而且但凡与他名字中"登"字同音的字,都得换个说法,否则就会受到惩罚,所以田登的手下要对州府传下的命令进行改写。

169

中国古代寓言

飞蛾扑火

知识考点

1.(1)细微 (2)愚蠢
2.(1)× (2)✓
3.林子将追名逐利,循此道路自取灭亡的人比作执意扑火的飞蛾。

焚庐灭鼠

知识考点

1.跑来跑去 上蹿下跳 跳上桌子
2.(1)× (2)✓
3.因为男子被老鼠变着法子折腾,再也忍受不下去了,所以他借着酒劲,生气地取火把烧老鼠。

高价买邻

知识考点

1.一千一百万钱的高价 一百万 一千万
2.(1)× (2)✓
3.因为季雅知道好邻居会给他的家庭带来良好的影响,所以他愿意付出巨额财富选一个好邻居。

狗猛酒酸

知识考点

1.天下第一酒 百思不得其解
2.(1)× (2)✓
3.宋国人卖不出去酒的真正原因是他家养的狗太凶猛了,别人害怕他家的狗。

邯郸学步

知识考点

1.带上盘缠 邯郸 爬着
2.×
3.因为燕国青年听说邯郸人特别有风度,他们走起路来潇洒优雅,步伐优美。于是燕国青年执意要前往邯郸学习走路。

寒号鸟

知识考点

1.AD
2.(1)✓ (2)×
3.因为寒号鸟一天天地混着,过一天是一天,一直没给自己垒个窝,所以它最终没能熬过寒冷的冬天。

涸辙之鱼

知识考点

1.监河侯 庄子 等他收到租税
2.(1)✓ (2)×
3.庄子讲涸辙之鱼的故事,表面上表达了鲫鱼对庄子这种做法的不满,实则暗含庄子对监河侯做法的不满。

猴子捞月

知识考点

1.头朝下倒挂 我勾你的头
2.(1)× (2)✓
3.因为小猴子在井里发现了一个明晃晃的月亮,就以为月亮掉到井里了,所以它突然大叫。

囫囵吞枣

知识考点

1.牙齿　伤脾　健脾　牙齿

2.(1)×　(2)√

3.他认为吃梨的时候,只是用牙去嚼,却不咽下去,就伤不着脾了;吃枣的时候,不用牙齿嚼,一口吞下去,这样就不会伤着牙齿了。

狐假虎威

知识考点

1.(1)天帝　(2)狡猾

2.(1)×　(2)√

3.森林里的动物看到狐狸就纷纷夺路而逃,是因为它们害怕狐狸身后的老虎。

画鬼最易

知识考点

1.(1)齐王　(2)正在活动的狗与马鬼

2.(1)√　(2)√

3. 因为谁也没见过鬼,鬼没有确定的形体,也没有清晰的相貌,画出来以后,没有人能证明画家画得不像,所以他认为画鬼是最容易的。

画蛇添足

知识考点

1.蛇　几只脚

2.(1)√　(2)√

3.因为先画完蛇的人多此一举,给蛇画脚,在他给蛇画脚的时候另一个人画完了蛇,所以他没能喝到这壶酒。

患得患失

知识考点

1. 跪射　骑射　离靶心几寸远
比之前偏得更加离谱

2.(1)√　(2)×

3.后羿没有成功射中靶心的真正原因是他患得患失,想要射中后获得奖赏,又担心射不中被削减一千户的封地。

纪昌学射

知识考点

1.(1)织布机　眼眶边　(2)牛毛
车轮

2.(1)×　(2)√

3.纪昌仰面躺在妻子的织布机下面,是为了盯着妻子织布时不停踩动着的踏板,练习不眨眼睛。

截竿进城

知识考点

1.(1)愁眉苦脸　(2)两

2.(1)×　(2)√

3.因为被锯断的竹竿用途不大,所以无人问津。

惊弓之鸟

知识考点

1.托着弓　虚拉弓弦

171

2.(1)×　(2)√

3.更羸通过观察得知，这只大雁飞得慢是它身上的箭伤在作痛，所以不射箭只拉弓弦。大雁听到弓弦声响后，以为有箭射来，就拼命往高处飞，导致本来未愈的伤口又裂开了，最终从空中坠落下来。

井底之蛙

知识考点

1.茂密的林木　花间　草丛中

2.√

3.青蛙说什么也不相信大海龟的话，它也不相信天下有这种地方，觉得大海龟骗了它。

九方皋相马

知识考点

1.(1)无影无踪　(2)本质　表象

2.(1)√　(2)×

3.九方皋看马时，眼里只看到了马的特征而不是马的外表，注重它的本质，忽视它的表象；他只看应该看到的东西，忽视了不需要看的东西；他审察时，只注意应该审察的东西，丢弃了不必审察的东西。

狙公失猴

知识考点

1.十分之一　略有盈余　围栏　笼子

2.(1)×　(2)√

3.因为猴子们虽然觉得每天采摘果实十分辛苦，可又惧怕狙公的毒打，所以不敢反抗狙公。

苛政猛于虎

知识考点

1.苛政　爷爷　父亲　儿子

2.√

3.孔子感慨道："残暴的政令比吃人的老虎还要凶猛呀！"

刻舟求剑

知识考点

1.船舷上　一无所获　讥笑

2.(1)×　(2)√

3.因为船上刻的记号代表剑落水的一瞬间在江水中所处的位置，而剑是不会随着船和船舷上的记号前进的，所以楚国人没有找到他落水的宝剑。

鲲鹏与蓬雀

知识考点

1.穷发　鲲　鹏

2.(1)×　(2)√

3.因为大鹏打算从北海飞到南海，它的体形很大，在九万里的高空能更好地飞翔，所以它要飞到九万里的高空之上。

滥竽充数

知识考点

1.翩翩起舞　合着节拍颤动　怕露出马脚

2.√

3.每逢演奏的时候,南郭先生就捧着竽混在队伍中,人家摇晃身体他也摇晃身体,人家摆头他也摆头,脸上装出一副动情忘我的样子,看上去和别人一样吹奏得挺投入。

邻人献玉

知识考点

1.不祥之物　石头里的妖魔在作怪

2.×

3.农夫的邻居是一个卑鄙无耻、狡诈的人。

吝啬鬼

知识考点

1.好酒好肉　一点儿菜　一小盅油

2.×

3.吝啬鬼准备的贡品有:一碗小米饭,当天吃剩的菜中的三条小鱼,以及未喝完的半瓶酒。

鲁国少人才

知识考点

1.通晓天文　精通地理　遇事果断

2.√

3.庄子建议鲁哀公向全国发布命令:凡是没有真才实学的人穿儒服一律斩首。

鲁侯养鸟

知识考点

1.八尺　凤凰　惊吓　饥饿

2.(1)√　(2)×

3.因为海鸟失去了宝贵的自由,看着面前纷乱的人世,只觉得头晕目眩,惊恐不安,也不敢吃那些美味佳肴,所以最后在极度惊吓和饥饿中死去了。

鲁婴泣卫

知识考点

1.偷偷哭泣　老百姓

2.×

3.因为鲁婴听说卫国王子的品行不好,喜欢打仗,缺少爱心。她想到,如果打起仗来,遭殃的首先是老百姓,还可能殃及自己和弟弟,所以她悲伤地哭泣。

买椟还珠

知识考点

1.(1)精美的包装　(2)更有价值

2.√

3.楚国人为了能把珍珠卖到郑国,找来名贵的木兰,又请来手艺高超的匠人做了一个盒子,还用名贵的香料把盒子熏得香气扑鼻,然后在盒子的外面精雕细琢了许多好看的花纹,还镶上漂亮的花边。

宓子贱掣肘

知识考点

1.孔子　亶父　亶父　自主管辖亶父

2.(1)√　(2)×

3.宓子贱干扰副官写字是想向鲁君说

中国古代寓言

明今后执政时要警惕那些专权乱政的佞臣,不要因轻信他们而扰乱国本。

南辕北辙

知识考点

1.南边 北边 马跑得快 车夫驾车技术好

2.(1)√ (2)×

3.魏国人以马跑得快、盘缠多、车夫驾车技术好为由拒绝接受路人的劝告。

泥偶与木偶

知识考点

1.泥土 桃木 嘲笑

2.(1)√ (2)√

3.面对木偶的嘲笑,泥偶处变不惊,化被动为主动,对木偶的嘲笑一一回击。

庖丁解牛

知识考点

1.(1)一年 一个月 十九年
(2)瞪大 放慢 轻轻

2.(1)√ (2)×

3.庖丁的宰牛技术如此高超是因为他做事喜欢遵循事物的本质规律,这比普通的技术技巧要更高一等。

皮毛相依

知识考点

1.皮之不存,毛将焉附

2.×

3.因为背草的人很爱惜这件皮衣,怕把羊毛露在外面弄坏了,所以他反穿皮衣背东西。

齐王嫁女

知识考点

1.头脑灵活 经营有方

2.×

3.因为吐通过卖肉的经验断定齐王的女儿是个丑女,所以他拒绝了齐王的提亲。

染丝的联想

知识考点

1.(1)青色 黄色 (2)近朱者赤 近墨者黑

2.(1)× (2)√

3.墨子的话向我们揭示的道理是:一个不谙世事、单纯如白纸的青少年,当他身处花花绿绿的社会大染缸之中时,一定要牢记"近朱者赤,近墨者黑"的真理,择善而从,从而让自己更加健康快乐地成长。

塞翁失马

知识考点

1.(1)豁达乐观 与众不同
(2)腿残疾了

2.(1)× (2)√

3.因为塞翁是一个豁达、淡定的人,他深悟"得失无常,祸福相倚"之道,所以老马带回一匹骏马后,他不喜反忧。

三人成虎

知识考点

1.(1)三 (2)再也没有召见他

2.(1)√ (2)×

3.庞恭举三人成虎的例子,是希望魏王相信他,不要轻信小人谗言。

上行下效

知识考点

1.(1)十七 (2)尺蠖

2.√

3.大臣们恭维齐景公是因为晏子去世后,齐景公就不再喜欢听别人的批评,而只喜欢听奉承话。

守株待兔

知识考点

1.树桩 脖子 心不在焉

2.(1)× (2)√

3.农夫干一会儿就朝草丛里瞄一瞄、听一听,希望再有一只兔子像昨天那样窜出来撞在树桩上。他心不在焉地干了一天活。

螳螂之勇

知识考点

1.(1)怒气冲冲 搏斗 (2)前进 后退

2.(1)√ (2)√

3.因为螳螂只知前进,不知后退,体格小野心大,不自量力,却又执着顽强,所以它凭着巨大的勇气想与马车搏斗。

铁杵磨成针

知识考点

1.枯燥无味 铁杵磨成针

2.(1)√ (2)×

3.老婆婆觉得滴水可以穿石,愚公可以移山,所以她认为铁杵也能磨成绣花针。

亡羊补牢

知识考点

1.(1)柴草 木桩 (2)窟窿 牢牢实实

2.(1)× (2)√

3.因为牧民觉得羊已经丢了,没有必要去修羊圈了,所以他没有及时修补羊圈。

望梅止渴

知识考点

1.头昏眼花 口干舌燥

2.×

3.为了解决众将士口渴的问题,曹操告诉众将士前方有一大片梅林,将士们听说后口里顿时生出不少口水,最终鼓足力气走出了困境。

望洋兴叹

知识考点

1.沙洲 高地 牛马

中国古代寓言

2.(1)× (2)√

3.因为河神走出河流两岸，看到了大海，开阔了眼界，认识到自己的渺小浅薄，也进行了自我反省，所以海神愿意同他谈论大道理。

五十步笑百步

知识考点

1.减少 增加

2.×

3.河内收成不好，梁惠王就把那里的一部分老百姓迁移到收成较好的河东去，并把河东地区的一部分粮食运到河内来，让河内发生灾荒地区的老百姓不至于饿死。河东遇上灾年，粮食歉收，梁惠王便把其他地方的粮食调运到河东来，解决老百姓的难题。

象牙筷子

知识考点

1.犀牛角 美玉石 山珍海味

2.×

3.他的宫殿内挂满了各种各样的兽肉；厨房里添置了专门用来烤肉的铜烙；后花园内酿酒后剩下的酒糟已经堆得像座小山了，而盛放美酒的酒池大得可以划船。

秀才的"大志"

知识考点

1.四体 五谷 画饼充饥

2.√

3.两个秀才可悲又可鄙，自命清高，懒惰成性，只会幻想空谈。

秀才的忌讳

知识考点

1.及地

2.(1)× (2)√

3.因为秀才几次应试都没中，没有考中也叫"落第"，他唯恐以后再考不中，所以他最怕听到"落""落第"一类的字眼。

薛谭学歌

知识考点

1.抑扬顿挫 悲壮激昂

2.(1)√ (2)×

3.因为薛谭意识到自己还没有学到老师的全部本领，自己唱得远不及老师唱得好，内心感到非常羞愧，所以他又回到老师身边继续学习。

寻找千里马

知识考点

1.《马经》 癞蛤蟆

2.(1)× (2)√

3.伯乐的儿子把书本上的知识作为一成不变的教条，而没有从实际出发来分析问题。

叶公好龙

知识考点

1.千里迢迢 叶公好龙

2.×

3.叶子高不是真的喜欢龙。他只是表面上喜欢龙,实际上对龙十分恐惧。

夜郎自大

知识考点

1.国土很小　山高林密

2.√

疑病乱投医

知识考点

1.√

2.因为这个病人天天吃各种各样的药,既损害了身体,又阻断了饮食的营养供给,所以才会百病齐出,越来越严重。

疑邻盗斧

知识考点

1.地窖　邻居家的儿子

2.(1)×　(2)×

3.农夫找到斧头后又观察了邻居家的儿子,发觉他的一举一动、一言一行、一颦一笑,一点儿都不像是会偷斧头的样子。

郢书燕说

知识考点

1.崇尚光明　光明磊落　才华横溢

2.(1)×　(2)√

3.郢人的"举烛"是指高举蜡烛,用以照明的意思;燕相国认为"举烛"的意思是崇尚光明,选举人才。

愚公移山

知识考点

1.太行山　王屋山

2.×

3.愚公认为自己虽然已经年迈,但他死了以后他的子孙会接过挖山的重担,只要愚公家族坚持不懈地挖下去,就一定会把山挖平。

鹬蚌相争,渔翁得利

知识考点

1.长长的尖嘴　一阵刺痛　紧紧地夹住了

2.×

3.河蚌态度十分强硬,准备一直不松开蚌壳,直到鹬鸟饿死为止。它与鹬鸟互不相让。

越权与失职

知识考点

1.越权　失职

2.(1)×　(2)√

3.因为韩昭侯认为典冠是自己身边的侍从,却擅自离开岗位做职权范围以外的事;而典衣作为掌管衣物的官员,却利用职务之便将衣服给了典冠。他们一个越权,一个失职,如果其他人都这样随心所欲,整个朝廷就会乱套。所以他听说是典冠给他盖的衣服后十分生气。

越人造车

知识考点

1.腐朽　车辕

中国古代寓言

2.×

3.越国人造出来的车,辐条不完整,轮子是坏的,軏是断的,车辕也是坏的,上上下下没有一处完好的地方。

乐羊子求学

知识考点

1.一蹴而就　持之以恒

2.√

3.乐羊子的妻子剪断已织好的布是因为她想告诉乐羊子,学习跟织布是一样的,要一点一滴地积累才能成功;如果半途而废,不能坚持到底,就会前功尽弃。

詹何钓鱼

知识考点

1.用蚕丝制成的绳　细如芒尖的细针细竹

2.(1)√　(2)×

3.詹何总是全身心地只关注钓鱼这一件事,其他什么都不想,在抛出钓鱼线、沉下钓鱼钩时,做到手上的力度不轻不重,丝毫不受外界环境的干扰。

鸩鸟和毒蛇

知识考点

1.羽毛　毒液

2.(1)×　(2)√

3.因为毒蛇是主动去害人,人类自然痛恨它。而鸩鸟不但不害人,还是毒蛇的天敌,帮助人类消灭毒蛇,是人类的朋友。所以人类喜欢鸩鸟而不喜欢毒蛇。

自相矛盾

知识考点

1.千锤百炼　锻造

2.(1)×　(2)√

3.因为楚人说的话前后自相矛盾,他不能自圆其说,难免陷入尴尬境地,所以最后只好灰溜溜地逃离了集市。

郑人买履

知识考点

1.(1)脚　(2)关门

2.(1)×　(2)×

3.郑国人没有买到鞋子是因为他只相信量好的尺码而不愿意相信自己的脚,等他拿着量脚的小绳来到集市,鞋铺已经关门了。

钻火与点灯

知识考点

1.凳子　门槛绊倒

2.(1)×　(2)√

3.因为屋里黑得伸手不见五指,什么也看不清楚,所以看门人没能即时找到取火用的工具。